TUHAFLIKLAR OKULU

YAZAN, HAYALET DEREK

TUHAFLIKLAR OKULU

TUHAFLIKLAR OKULU
YAZAN, HAYALET DEREK

Resimleyen: Scott M. Fischer

Çeviren: Andaç Oral

istiridye

Tuhaflıklar Okulu
Orijinal Adı: *Scary School*
Yazarı: Hayalet Derek

Çevirmen: Andaç Oral
Editör: Nazlı Ceyhan Sümter
Kapak Uygulama: İlknur Muştu
Sayfa Düzenleme: Adem Şenel

1. Baskı: Ekim 2012

ISBN: 978-605-63289-8-5

Yayınevi Sertifika No: 26144

Baskı ve Cilt: Kitap Matbaacılık
Davutpaşa Cd. No:123 K:1 Topkapı/İstanbul
Sertifika No: 16053
Tel: (0212) 482 99 10 Faks: (0212) 482 99 78

Yayımlayan:
ASPENDOS YAYINCILIK ve EĞİTİM HİZMETLERİ
Lamartin Cad. Arda İş Merkezi No: 26 Kat: 5
Taksim – İSTANBUL
Tel: (0212) 220 61 88
Faks: (0212) 220 63 37
e-mail: editor@aspendosyayinevi.com

Eric Myers'a, Dr. Levy'ye,
Bay Cooper-Mead'e,
Bayan O'Callaghan'a, Bayan Russel'a
ve korkutmaktan çok ilham veren tüm
öğretmenlere…

İÇİNDEKİLER

Öğrencilerin Dikkatine

Giriş

Sanırım giriş bölümüne başlamanın en uygun yolu tanışmaktır; öyleyse... Merhaba! Adım Hayalet Derek. Senin adın ne? Büyük olasılıkla adını yüksek sesle söylememişsindir, ama ben zihnini okudum ve harika bir adın olduğunu düşündüğümü bilmeni istiyorum.

Zihnini nasıl mı okudum? Söyleyeyim.

Geçen yıl, henüz on bir yaşındayken fen dersinde öldüm. Bay Asitbanyosu'nun deneylerinden birinde büyük bir terslik oldu (bunu daha sonra anlatırım). Tuhaflıklar Okulu'nda böyle şeyler her zaman olur, bu nedenle kimse bunu pek dert etmedi. Dersten sonra benim yanmış cesedimi dışarı çıkardılar ve gözlerini bile kırpmadan bir sonraki derse devam ettiler. Tuhaflıklar Okulu çok garip bir yer.

Öldükten sonra Tuhaflıklar Okulu'ndan bir türlü ayrılamayıp buraya hayalet olarak geri döndüm. Buna ben bile şaşırdım. Hayalet olarak geri dönmen, yarım kalmış bir işin olduğu anlamına gelir. Uzun bir süre bunun ne olduğunu bulamadım, ama sonra büyüyünce yazar olmak istediğimi hatırladım. Tuhaflıklar Okulu ve orada yaşanan korkunç, harika şeyler hakkında kimsenin daha önce bir şey yazmamış olduğunu önceden fark etmiştim.

Böylece bu yıl okulun çevresinde uçtum durdum ve meydana gelen bütün çılgınca olayları hayalet defterime yazdım. Hayalet defterimin kâğıdı, hayalet kalemimin de mürekkebi hiç bitmiyor. Hayalet yazar olmak müthiş bir şey. Bu yıl yazılmaya değer, çok heyecanlı bir yıl oldu. Tuhaflıklar Okulu her yıl düzenlenen Hortlak Oyunlarına (ayrıntılarını daha sonra anlatırım) ev sahipliği yapmak üzere seçildi ve böylece bu yıl, Tuhaflıklar Okulu tarihindeki en korkunç yıl oldu.

Bu sayfa daha çok bir kapı gibi. Sayfayı çevirir çevirmez, Tuhaflıklar Okulu'nun kapısını açmış olacaksın. İçeri girdikten sonra dışarı sağ çıkacağınızın garantisi yok. İyi şanslar!

TUHAF-
LIKLAR
Okulu
by: Derek

1

Yeni Gelen Çocuk, Charles

Tuhaflıklar Okulu'na pek sık yeni öğrenci gelmez. Geldiğinde de kimse yeni bir isim öğrenme zahmetine katlanmak istemez ve onu "yeni gelen çocuk" diye çağırır.

Herkes insan beyninin çok fazla ismi aklında tutamayacağını bilir. Orada topu topu elli kadar isme yer vardır. Bu nedenle insan biriyle tanıştığında ve yeni bir isim öğrendiğinde, başka birinin ismi bu yeni isme yer açmak için geriye itilir. Uzun süredir

görmediğin birini gördüğünde onun ismini hatırlayamamanın nedeni işte budur.

Eğer elliden fazla ismi aklında tutabiliyorsan süper bir beyne sahipsin demektir ve bütün sınavlardan 100 almaman için bir neden yoktur.

Yeni gelen çocuk, Charles, Tuhaflıklar Okulu'nun ön bahçesinde dikiliyordu. *Bana son derece normal bir okul gibi geldi,* diye geçirdi içinden. Okul binası sarı ve kahverengi renklerde güzel bir şekilde boyanmıştı, iki katlıydı, önünde bir bayrak dalgalanıyordu... Hiç de korkutucu bir yer gibi görünmüyordu.

Görünüşe aldanma denir ya hep.... Charles da Tuhaflıklar Okulu'nun görünüşüne aldanmamalıydı.

Charles okulun girişine doğru yürürken kendini daha mutlu hissedemezdi. Tuhaflıklar Okulu'nun dünyadaki en zor okul olduğunu duymuştu ve o da mücadeleyi severdi. Hayatta Charles'ı mutlu eden pek fazla şey yoktu. Çok sıskaydı, bir önceki okulundaki arkadaşları ona Kürdan adını takmıştı. Çünkü kolları ve bacakları birer kürdanı andırıyordu. Bu dört kürdan beşinci bir kürdana, yani vücuduna tutturulmuş gibiydi.

Bu da yetmezmiş gibi, Yumurta şeklinde, büyük bir kafası vardı. Onun kürdan gibi boynunun bu kafayı nasıl taşıdığını kimse anlayamıyordu. Bir yumurtayı sivri ucu üzerinde dengelemeye çalıştığını düşünsene... Düşüp kırılması gerekir.

Binanın girişinde Charles, okulu geniş ön bahçeden ayıran büyük, karanlık bir hendekle karşılaştı. Hendeği geçmenin bir yolu yokmuş gibi görünüyordu ve Charles en az yarım saat erken geldiği için etrafta ona okula nasıl gireceğini gösterecek başka çocuklar da yoktu.

Yüzerek geçmem mi gerekiyor? diye düşündü Charles, her bir telin yerli yerinde olduğu kusursuz taranmış saçlarının oluşturduğu kabuğu kaşıyarak. Saatine baktı; 07.29. Okula giren ilk çocuk olmakta kararlı olduğundan çok geçmeden pişman olacağı acele bir karar verdi.

Charles ayak parmağını hendeğe soktu. Birden dev, kaygan bir dokunaç sudan fırladı ve Charles'ın bacağına dolandı. Dokunaç, Charles'ı hendeğe doğru çekmeye başladı. Charles tüm gücüyle hendeğin otların olduğu tarafına tutundu.

Ne yazık ki Charles'ın güçlü olmakla uzaktan yakından ilgisi yoktu. Çabucak yerden havalandı ve suyun üzerindeki başka bir dokunaç tarafından yakalanıverdi.

En az on metre boyunda dev bir gözü olan kocaman bir yaratık hendekten çıktı.

"Tanrım!" diye bağırdı Charles. "Bir *Architeuthis*!"

Charles dev kalamarın bilimsel adını biliyordu, çünkü zoolog olan annesi ve babası onun televizyonda yalnızca belgesel izlemesine izin veriyorlardı.

Dev kalamar gözlerini kısarak Charles'a baktı ve dev gagasını yalayarak onu dev dokunacında sıktı.

“Tadın çok güzeldir senin,” dedi yaratık, ağzından salyalar akarak. “Yengeç yemekten bıkmıştım!”

Derken yüksek sesli bir kükreme duyuldu, ama ses balıktan gelmiyordu. Beş altı metre boyunda, mavi bir elbise giymiş ve mavi bir bone takmış olan bir *Tyrannosaurus rex* hendeğe doğru sert adımlarla yürüyordu.

“Archie! Saat yedi buçuk!” diye kükredi dinozor. “Tuhaflıklar Okulu açıldı.”

“Eyvah!” diye karşılık verdi dev kalamar Archie. Tam o sırada ön duvardan bir asma köprü inerek Archie’nin pembe dev kafasına çarptı.

Bu çarpmanın etkisiyle Charles kalamarın kıskacından kurtuldu, havada uçtu

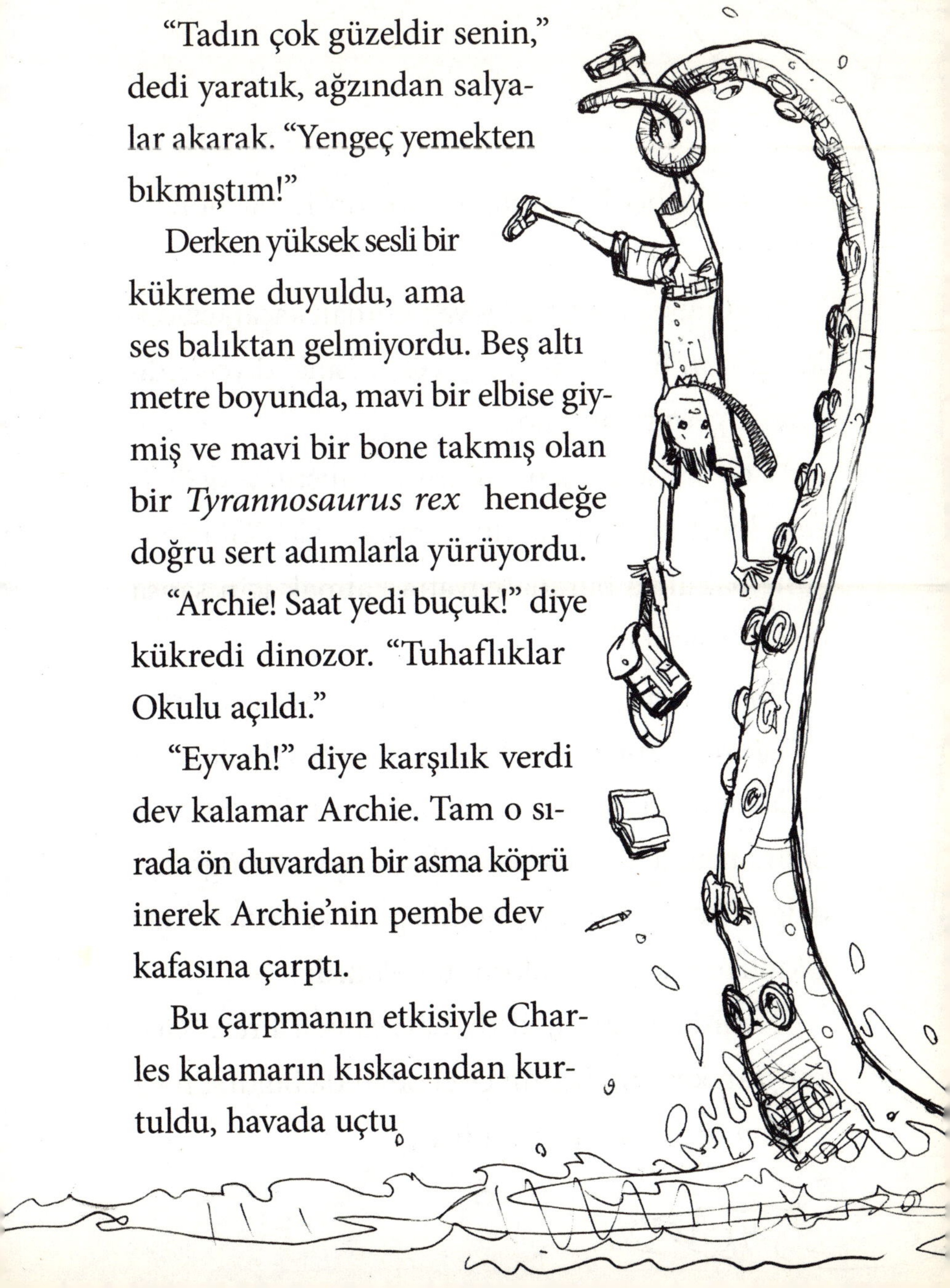

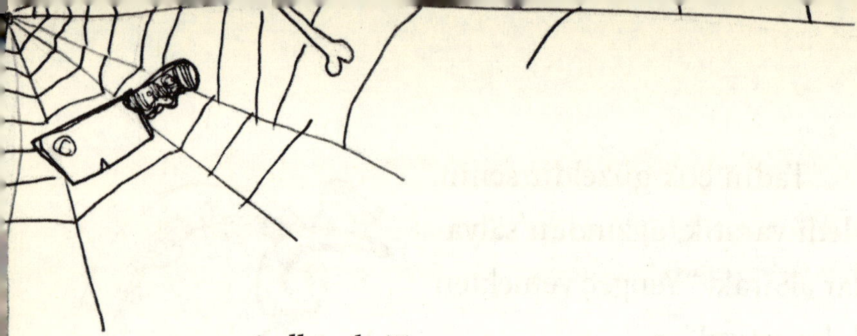

ve mavi elbiseli *Tyrannosaurus rex*'in burnuna kondu.

Görünüşe göre Charles yağmurdan kaçarken doluya tutulmuştu. "Beni yiyecek misin?" diye sordu T.rex'e gergin bir halde.

"Çok şanslısın, kahvaltımı yapmıştım," dedi T. Rex, kibar bir yaşlı hanımefendi sesiyle. "Görünüşüne bakılırsa burada hayatta kalmak için şansa çok ihtiyacın olacak."

"Ben şansa inanmam," diye karşılık verdi Charles.

T.rex, Charles'ı yere indirdi. Charles da dağılan saçlarının her bir telini hemen yerli yerine oturttu. Sonra nereden çıktıkları belli olmayan bir öğrenci dalgası koşarak onun önünde geçti ve Tuhaflıklar Okulu'nun giriş koridorunu doldurdu.

"Kıpırda bakalım," dedi mavi elbiseli T.rex. "Geç kalırsan kendini benim ceza odamda bulursun ve ben de her an acıkabilirim."

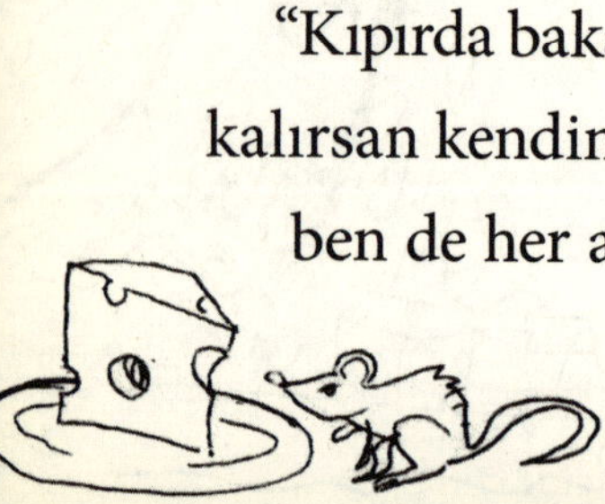

Dolapların olduğu geçit kıvrımlı, ürkütücü bir labirenti andırıyordu. Sıra sıra dolaplar, öğrencilerin üzerinde tehditkâr bir kemer oluşturuyordu. Yarıklar, gizli geçitler ve kapak şeklindeki kapılar koridorda yön bulmayı son derece zorlaştırıyordu. Ancak Charles önceden kendisine gönderilen bir haritayı takip ediyordu ve farkında olmasa da dolapların en zalimi olan Dolap 39 tarafından yenmekten kılpayı kurtulmuştu. Bir sonraki kitapta Dolap 39'dan daha ayrıntılı söz edeceğiz.

Charles koridorda yürürken herkes, "Hey, yeni gelen!", "Hey, yeni gelen!", "Hey, yeni gelen!" diyordu. Charles hepsinin çok arkadaş canlısı olduğunu ve kendisine adıyla seslendiklerini düşündü. Zira adı Charles Yengelen idi. Çocukların onunla dalga geçtiklerinin ve hiç de arkadaşça davranmadıklarının farkında değildi.

Herkesin Charles Yengelen'in okula yeni geldiğini anlamasının nedeni üzerine okul üniforması olmaması, ya da daha doğrusu okul üniforması *olmasıydı.*

Tuhaflıklar Okulu'nun çok sıkı bir üniforma politikası vardı. "Bütün öğrenciler sürekli okul üniforması giymelidir" deniyordu. Üniforma ri şort, beyaz gömlek ve pu- kravattan oluşuyordu.

orun şuydu: Bir çocuk üni- mayı giyip aynaya baktığı nda ne kadar aptal göründüğünü fark ediyor ve üniformayı giymeyi reddediyordu. Çocuklar canları ne isterse onu giyerek okula gidiyorlar, ancak asla gri şort ve beyaz gömlek giymiyor, puanlı kravat takmıyorlardı.

Hiç kimse okula giderken Tuhaflıklar Okulu üniformasını giymediği için öğretmenlerin hiçbiri de formanın nasıl olduğunu bilmiyordu. Bu nedenle de okul üniforması giymemenin okul üniforması olduğunu sanıyorlardı. Okula üniforma giyen bir çocuk geldiğinde (genellikle yeni gelen çocuk oluyordu bu) öğretmenler onun üniforma giymediğini düşündükleri için çocuk ceza alıyordu.

Charles Yengelen de yeni geldiği için okul üniforması giymemenin okul üniforması olduğunu bilmiyordu. Bu nedenle de okula gri şort, beyaz gömlek ve puanlı kravatla gelmişti.

Charles'ı ilk gören koridor gözlemcisi Bay Örümcekgöz oldu. Çoğu insanın yalnızca bir gözünün olduğu yerde Bay Örümcekgöz'ün yüz küçük gözü vardı. Normal bir matematik hesabıyla bu, kafasında iki yüz göz olduğu anlamına geliyordu. Ancak Canavar Matematik hesabıyla altı yüzden fazla göz ediyordu. Bundan da daha sonra söz edeceğiz.

Bay Örümcekgöz gözlerinden her birini koridordaki her öğrenciyi aynı anda gözlemek için kullanıyordu. Üniformasız Charles'ı fark edince, "Hey sen! Buraya gel bakayım!" diye bağırdı.

Charles kendini işaret etti. "Ben mi?"

"Evet, sen! Buraya gel!"

Charles gergin bir halde Bay Örümcekgöz'e doğru yürüdü. Daha ilk ders başlamadan başını nasıl derde soktuğunu anlamamıştı.

"Okul üniformasını giymeyerek ne yaptığını sanıyorsun sen?" diye sordu Bay Örümcekgöz.

"Ama ben okul üniformasını giydim. Hem de her parçasını," diye karşılık verdi Charles.

"Ya, öyle mi? Etrafta gri şortlu, beyaz gömlekli ve puanlı kravatlı başka kimse görüyor musun peki?"

Charles koridordaki çocuklara baktı. Elbette onun gibi giyinen başka kimse yoktu.

"Hayır," dedi Charles.

"Öyleyse, başka kimse giymediğine göre bu nasıl okul üniforması olabilir?"

"Bilmem. Benim buradaki ilk günüm."

"Ya, demek ilk günün! Ama bu mazeret değil. Herhalde arkadaşlarının üzerinde güçlü bir ilk izlenim bırakmak ve herkese nasıl kurallara karşı gelen bir asi olduğunu göstermek istedin, ha?"

"Ben mi? Hayır! Ben asla kurallara karşı gelmem. Kurallara uymayı severim."

Bu doğruydu. Hiçbir şey Charles'ı kurallara uymak kadar mutlu edemezdi; kurallar ne olursa olsun. Örneğin her gece bir saat erken, yani saat sekizde yatmaya giderdi. Böylece uyku saati olan saat dokuzda uyumuş olacağından emin oluyordu. Saat dokuzdan sonra hâlâ uyanık olmasının kurallara karşı gelmesi anlamına geleceğini düşünüyordu. Bu durumda kendini öyle suçlu hissediyordu ki bir hafta uyuyamıyordu. Bunun üzerine kendini daha da suçlu hissediyor ve iki hafta daha uyuyamıyordu. Böylece korkunç, uykusuz bir döngü başlamış oluyordu. Yedi yaşındayken bir keresinde uyku saatini kaçırınca döngü başlamıştı ve Charles bütün bir yıl boyunca uyuyamamıştı.

"Ah, demek kurallara uymayı seviyorsun ha?" diye homurdandı Bay Örümcekgöz. "Tuhaflıklar Okulu'nun kurallarına göre, üzerinde üniforman olmadan sınıfa giremezsin. Şimdi doğruca ceza odasına gidip okul üniformanı giyene kadar orada kalman gerekecek."

"Tamam, sanırım bir hata yaptım," dedi neye uğradığını şaşıran Charles. "Kurallara uymaktan mutluluk duyarım. Hemen ceza odasına gideceğim."

Böylece Charles Yengelen, Dr. Ejdernefesi ile beşinci sınıf dersine girmek yerine doğruca ceza odasına yöneldi. Kapıyı açınca karşısında mavi elbise giyen ve elbiseyle uyumlu sevimli bir bone takan Tyrannosaurus'u buldu.

"Tekrar merhaba, canım," dedi dinozor tatlı, yaşlı hanımefendi sesiyle. "Görünüşe göre şansın pek yaver gitmemiş. Ben ceza gözlemcisi, Bayan T. Bakıyorum üzerinde okul üniforman yok."

"Biliyorum. Ben bunun üniforma olduğunu sanıyordum."

"Hayır. Bunun üniformayla uzaktan yakından ilgisi yok canım."

"Üniforma nedir peki?"

"Emin değilim. Gri şort, beyaz gömlek ve puanlı kravat dışında her şey sanırım. Bunu hiç kimse asla giymiyor!"

"Ama yanımda yalnızca bu var."

"Çok kötü. Kurala göre, uygun üniformayı giyene kadar cezada kalmak zorundasın."

"Tamam, öyle yapacağım."

"Elbette," diye devam etti Bayan T., "eğer gidip evden üniformanı alman gerekiyorsa bunu anlarım."

"Ama bu kurallara karşı gelmek olur," dedi Charles.

"Evet, ama durumunu anlayışla karşılıyorum ve sana engel olmak için hiçbir şey yapmayacağım."

"Hayır," dedi Charles, "kurallara karşı gelemem. Doğru üniformayı giyene kadar burada kalacağım."

"Peki," dedi Bayan T., "ama seni uyarıyorum. Öğle yemeği vakti gelince çok acıkırım. Kendimi kontrol edemeyip seni yiyebilirim."

"Ama öğrencileri yemek kurallara aykırı değil mi?" diye sordu Charles umutla.

"Evet, öyle. Ama ben dinozorum, canım. Kurallara karşı gelmek beni hiç rahatsız etmez."

Durumun Charles için umutsuz göründüğünü biliyorum, ama Altıncı Bölüm'de onun şansının nasıl yaver gittiğini göreceksin!

Bayan
Sivridiş
2+2=

2

Bayan Sivridiş

Bayan Sivridiş Tuhaflıklar Okulu'nun en hoş, en tatlı öğretmenidir. Geçen yıl yalnızca on iki çocuk yedi.

Onun beşinci sınıf öğrencileri ne kadar şanslı olduklarının farkındalar. Diğer beşinci sınıfın öğretmeni ise Dr. Ejdernefesi. Dr. Ejdernefesi geçen yıl okulun ilk günü bütün sınıfı yediği için yılın geri kalanını ücretli izinde geçirmek zorunda kalmıştı.

Bayan Sivridiş'in sınıfı ona Bayan Sivridiş diyor, çünkü ağzının sağ tarafında kocaman bir sivri diş var. Eğer vampirlerin çoğu gibi iki sivri dişi olsaydı çocuklar ona Bayan Vampir derdi.

Gerçek adı: Bayan Fangleheimershratzenpfeffer. Bu, Transylvania'da çok sık rastlanan bir ad.

Okulun ilk günü Bayan Sivridiş sınıfa gerçek adını söyledi, sonra kendisine kısaca Bayan Fangs diyebileceklerini ekledi. Fang, İngilizcede sivri diş anlamına geliyor, Fangs de sivri dişler demek bildiğiniz gibi. Tahtaya *Bayan Fangs* yazdı. Dik saçlı, tombul bir çocuk olan Benny Porter elini kaldırdı. Benny'nin lakabı Morartan Benny, çünkü kendisi arkadaşlarının kollarını ya da bacaklarını yumruklayarak morartmaya bayılıyor.

Benny sırıttı. "Ama sizin yalnızca bir sivri dişiniz var, Bayan Fangs. Size Bayan Sivridiş dememiz gerekmez mi?" Güldü ve yanındaki oğlanla "çak" yapmaya çalıştı. Ama oğlan akıllıca davranıp onun elini askıda bıraktı.

Benny Bayan Sivridiş'i kızdırmıştı. Kadıncağız tek bir sivri dişe sahip olduğu için zaten utanıyordu. İkinci sivri dişini trajik bir kazada kaybetmişti; ancak bu konuya daha sonra değineceğiz.

Benny bu soruyu sorduktan sonra Bayan Sivridiş'in soluk beyaz teni pancar gibi kıpkırmızı oldu. Benny'nin üzerine atıldı ve onun bütün kanını emdi; tek bir dişle emdiği için kanın tükenmesi normalden iki kat uzun sürmüştü. İşi bitince Benny'yi yere fırlattı. Çocuk yerde kansız halde, hareketsiz yatıyordu.

"Sivri dişlerim hakkında yalan söylemeye cesaret edecek başka kimse var mı?" diye sordu Bayan Sivridiş.

Kimseden çıt çıkmadı.

Bayan Sivridiş dönüp masasına doğru yürüdü, derken birden durdu. Arkasına döndü, ağzının içini

yokladı ve " Ah Tanrım!" dedi. "Gerçekten tek bir sivri dişim var. .Tamamen unutmuşum. Benny'nin söylediği şimdi mantıklı geliyor. Çooook üzgünüm, Benny. Özür dilerim. Beni affeder misin?"

Benny tabii ki cevap veremedi, çünkü ölmüştü.

Şimdi, devam etmeden önce birkaç şeyi açıklamalıyım. Herhalde şu anda bu kitabı okumanın pek mantıklı olmadığını düşünüyorsundur. Endişelenme; Tuhaflıklar Okulu'nda bir çocuğun ölmesi onun sonsuza dek ölü kalacağı anlamına gelmez. İleride göreceğin gibi bir çocuğun ölümden hayata dönüp derslere katılmaya devam etmesinin bir sürü yolu var. Hatta, hayatını kaybetmen asla dersleri kaçırman için bir mazeret değil. Ayrıca ölüm eylemi sayesinde ölü bir öğrenci ironik bir şekilde önemli bir hayat dersi alıyor. *Tuhaflıklar Okulu*'nu son yirmi yıl içinde yayınlanan belki de en faydalı kitap dizisi haline getiren de bu hayat dersleri işte.

Tamam çocuklar, son bölüm anneniz, babanız ve öğretmenleriniz içindi. Aramızda kalsın, ama sınıfınızdaki şu gıcık çocuk bir vampir tarafından ısırılsa çok komik olmaz mıydı, ha? Ben bunun olduğunu gördüğümde kahkahalarla güldüğümü hatırlıyorum. Şimdi sınıfa dönelim…

Bayan Sivridiş, Benny'nin solgun cesedine pişmanlıkla baktı. "Bir şey söylemek zorunda değilsin, Benny. Üzgün olduğumu bil yeter."

Bayan Sivridiş kesinlikle Tuhaflıklar Okulu'ndaki en hoş öğretmendi. Zalimlik ettiği bir öğrencisinden özür dileyen kaç öğretmen gördün?

Bayan Sivridiş tahtadan adının sonundaki *s* harfini sildi. Şimdi geriye *Bayan Fang* yani *Bayan Sivridiş* kalmıştı.

"Bundan sonra Benny'nin anısına bana Bayan Sivridiş demenizi istiyorum," dedi. Gözlüklü, çilli ve çok akıllı bir kız olan Wendy Crumkin'i işaret etti.

"Wendy," dedi Bayan Sivridiş, "Bundan sonra bana ne diyecekmişsiniz?"

Wendy çok akıllı olduğu için Benny Porter'ın öğretmene Bayan Sivridiş dediğinde başına gelenleri aklına yazmıştı. Bu nedenle, "Bayan Fangs elbette," dedi.

Bayan Sivridiş yine çok öfkelendi. Soluk beyaz teni bu kez öncekinden de kırmızı oldu.

"Benim sözümü dinlememeye nasıl cesaret edersin!" diye ciyakladı. Sonra Wendy'nin üzerine atıldı ve onun bütün kanını emdi.

Wendy cansız halde yere yığıldı.

"Sınıf!" diye homurdandı Bayan SIvridiş ağzından kanlar damlayarak. "Bundan sonra bana ne diyeceksiniz?"

"Bayan Sivridiş!" diye bağırdı sınıftakiler bir ağızdan.

"Harika," dedi Bayan Sivridiş tatmin olmuş bir halde. "Şimdi coğrafya dersimize başlayabiliriz. Bu arada Wendy, kobay olarak seni seçtiğim için üzgünüm."

Wendy de ölmüş olduğu için cevap veremedi.

Tamam, buradan alınacak önemli bir hayat dersi yok. Ancak kimi zaman sebepsiz yere de kötü şeyler olabilir sanırım. Bu da başlı başına önemli bir hayat dersi zaten.

Ders biter bitmez üç Rachel sınıfın ön tarafına koştular ve kapının yanında bulunan büyük kırmızı düğmeye bastılar. Bu düğme Hemşire Tüylüben'e ters giden bir şeylerin olduğunu haber vermek için işaret gönderiyordu.

"Sizce Hemşire Tüylüben onları kurtarabilir mi?" diye sordu Rachael, Raychel' e.

"Bilmiyorum," dedi Raychel. "Neredeyse bir saattir ölüler. Onları kurtarmak için hemşirenin bütün marifetlerini göstermesi gerek."

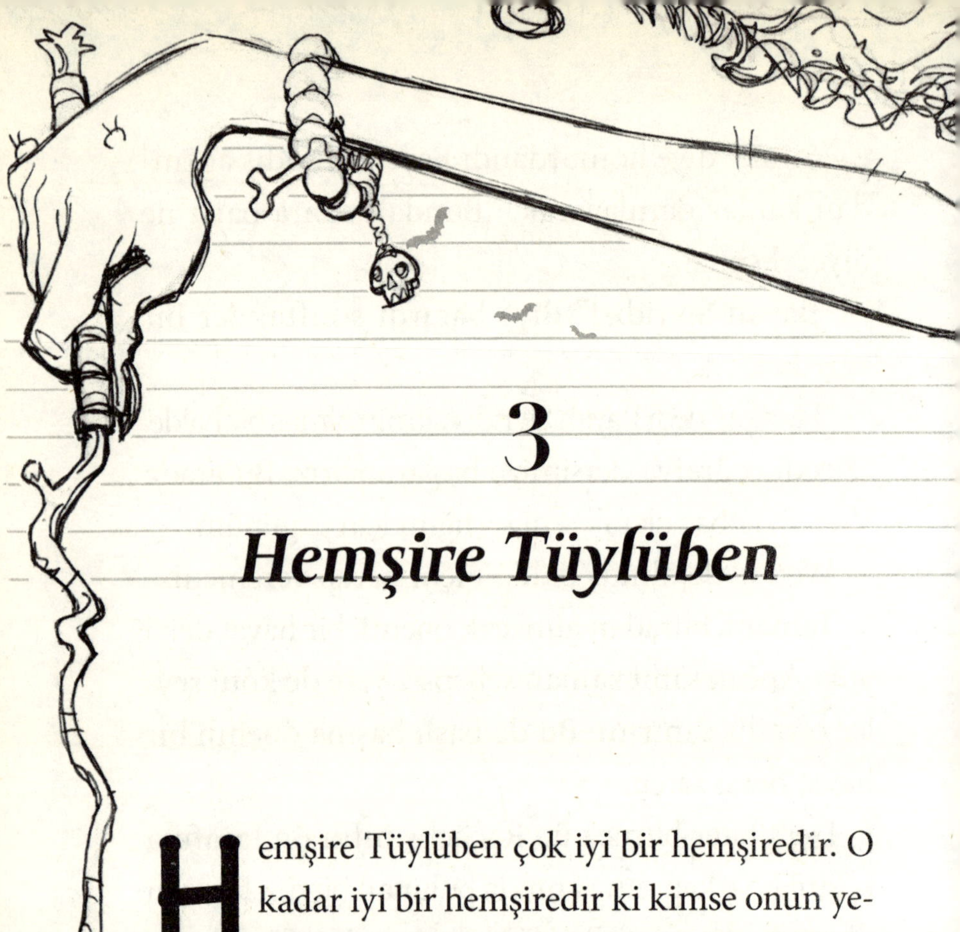

3

Hemşire Tüylüben

Hemşire Tüylüben çok iyi bir hemşiredir. O kadar iyi bir hemşiredir ki kimse onun yeşil derili, karga burunlu, vücudunun her tarafında tüylü siyah benler olan kötü bir cadı olmasını umursamaz.

Onu kötü yapan garip görünümü değildir. Dünyada yeşil derisi ve tüylü benleri olan, ama o kadar da kötü olmayan bir sürü cadı var. Hemşire Tüylüben kötüdür, çünkü ona hangi

hastalıkla gidersen git bu hastalığı hemen tedavi eder. Tek sorun, sana çaktırmadan ertesi gün kendini daha da hasta hissetmene neden olacak başka bir hastalık vermesidir. Böylece tekrar ona gitmek zorunda kalırsın. Sonra bu sorunu tedavi eder ve sana yepyeni bir başka hastalık verir. Bu nedenle hemşirelik işinde çok başarılıdır.

Herkes Hemşire Tüylüben'in dünyadaki en iyi hemşire olduğunu düşünür. Bu doğru aslında, çünkü kendisi her şeyi tedavi edebilir. Bunu yapabilen başka hemşire tanıyor musun? Yine de hayatta her şeyin bir dengesi var; onun mucizevi hemşirelik yeteneği de seni yeni hastalıklarla daha da kötü yapma eğilimiyle dengeleniyor. Hayatta bu tür insanlarla başa çıkmak konusunda güzel bir söz vardır: Gülü seven dikenine katlanır.

Bayan Sivridiş'in ilk dersi sona erdiğinde üç Rachel kapının yanındaki büyük kırmızı düğmeye bastılar ve ayaklarının altında açılan kapıdan aşağı düştüler. Uzun bir tüpün içinden kayarak geçtikten sonra kendilerini Hemşire Tüylüben'in odasının ortasında buldular. Üç Rachel'in hiçbiri adını Rachel olarak yazmaz. Biri Rachael, biri Raychel biri de Frank yazar. Çocuklar Frank'ın annesiyle babasının okuma yazma bilmediğini iddia ediyorlar, ama buna daha sonra değineceğiz.

Üç Rachel (Rachael, Raychel ve Frank), "Çabuk gelin! Bayan Sivridiş bir saat önce iki öğrenciyi ısırdı!" diye bağırdılar.

"Bayan Fangs mı demek istiyorsunuz?" diye sordu Hemşire Tüylüben.

"Hayır, onun adı artık Bayan Sivridiş. Sakın ona bundan sonra Bayan Fangs demeyin yoksa sizi de ısırır."

Hemşire Tüylüben sihirli değneğini salladı ve bir anda o ve üç Rachel bir sis bulutu içinde sınıfta belirdiler. O sisin içinde Benny ile Wendy'yi bulmak zordu. Derken Rachael ve Frank'ın ayakları onların yerdeki cansız bedenlerine takıldı. İkisi, Hemşire Tüylüben'i yanlarına çağırdılar.

Hemşire Tüylüben iki ölü çocuğu ve üç Rachel'i bir araya topladı, sihirli değneğini salladı ve hepsini kendi odasına gönderdi.

Burası bir hemşirenin odasından çok, tekinsiz bir laboratuvara benziyordu. İçeride semender, kertenkele ve dev böcek kafesleri; sümüklü böcek, piranha ve salyangoz kavanozları; çamur, balçık ve pis su şişeleri vardı. Hemşire Tüylüben Benny ile Wendy'yi çabucak muayene etti.

"Bu çocukların kanları son damlasına kadar emilmiş!" diye bağırdı.

"Evet," dediler Rachael ve Raychel.

"Onları iyileştirebilir misiniz?" diye sordu adı Rachel diye okunan Frank.

"Elbette iyileştirebilirim," dedi Hemşire Tüylüben. "Ama depomda yalnızca birini kurtarabilecek kadar kan var. Diğeri için başka birinden alınacak yeni kan gerek."

Hemşire Tüylüben odadaki buzdolabını açtı ve süt kutusunu andıran kanla dolu bir şey çıkardı. Sihirli değneğinin bir tarafını süt kutusuna batırdı, diğer tarafı da Benny'nin koluna değdirdi. Çok geçmeden Benny, şişirilen bir balon gibi kanla doldu. Rengi yerine geldi ve gözlerini açtı.

Üç Rachel tezahürat yaptılar.

"Yaşıyorum!" diye bağırdı Benny. "Teşekkür ederim, Hemşire Tüylüben!" Hemşirenin tüylü benlerle kaplı, yeşil karga burnuna kocaman bir öpücük kondurdu.

"Al," dedi Hemşire Tüylüben avucundaki mor hapı uzatarak. "Gücünü geri kazanmak için bunu iç." Benny (içinde kötü bir grip virüsü gizli olan) hapı aldı ve hâlâ cansız olan Wendy'yi arkasında bırakıp koşarak odadan çıktı.

"Pekiiii," dedi Hemşire Tüylüben çatlak bir sesle. "Hanginiz Wendy'yi hayata döndürmek için bütün kanını bağışlamak ister, kızlar?"

"Ama kanımızı alırsanız ölmez miyiz?" diye sordu Raychel ürpererek.

"Elbette ölürsünüz. Ama gördüğünüz gibi başka birinin kanını alabildiğim sürece sizi hemen hayata döndürebilirim."

"Anlıyorum," dedi Raychel. "Rachael, ölürsem bana kanını verir misin?"

"Elbette. Sen benim en iyi arkadaşımsın, Raychel. Sana kanımı seve seve veririm."

Böylece Hemşire Tüylüben sihirli değneğinin bir ucunu Raychel'in, diğer ucunu da Wendy'nin koluna değdirdi. Şişirilen bir balon gibi dolan Wendy gözlerini açtı, hapını aldı ve mutluluk içinde koşarak uzaklaştı.

Raychel ölerek yere yığıldı.

Sonra Rachael bir adım öne çıktı ve süreç tekrarlandı. Raychel hayata döndü, odadan koşarak çıktı ve ardından Rachael öldü.

Geriye Frank kalmıştı. Unutmuşsunuzdur diye söyleyeyim; adı Rachel diye okunuyor.

"Evet, Frank. Raychel'in hayatını kurtarmak istiyor musun?" diye sordu Hemşire Tüylüben.

"Dürüst olmam gerekirse Rachel'lerin ikisinden de hoşlanmıyorum. Adımın yazılışıyla sürekli

Vampir

Benny

dalga geçiyorlar... Ama sanırım yapılması gereken doğru şey bu."

Böylece Frank, Rachael'e kanını verdi. Hayata dönen Rachael koşarak odadan çıktı.

Bu noktada Frank'a kan kalmamıştı. Hemşire Tüylüben yüksek sesle alarm çaldı ve Tuhaflıklar Okulu'ndaki bütün öğrenciler onun odasının önünde sıralandılar. Frank'ın en iyi arkadaşı Petunya kanını Frank'a verdi. Sonra, Petunya'ya aşık olan Johnny ona kan verdi. Tuhaflıklar Okulu'nda kanını başka birine vermeyen çocuk kalmayıncaya kadar bu böyle devam etti. Her biri, başka birinin hayatını kurtardı, öldü ve hayata döndü.

Ne yazık ki Benny Porter hayata döndükten sonra tuvalete koşmak zorunda kalmış ve tuvalette daha gürültülü sesler çıkardığı için alarmı duymamıştı.

Benny dışarı çıkıp olup bitenleri fark ettiğinde kendini kuyruğun en sonunda buldu. Sıra ona geldiğinde kanını Jason'a verdi ve tekrar öldü. Bu, o gün Benny'nin ikinci ölüşüydü. Kaç kişi bunun kendi başına da geldiğini iddia edebilir ki?

İşin en acıklı yanı, kuyrukta başka kimse kalmadığından hiç kimse Benny'ye daha fazla kan vermek zorunda değildi. Benny'den pek hoşlanmadıkları için de gönüllü olan çıkmamıştı. Diğer çocuklar normal okul günlerine devam ederken zavallı Benny bir kez daha Hemşire Tüylüben'in odasının zemininde cansız kalakaldı.

Müdür Kafaezen durumu değerlendirmek için odaya girdi. "Tuhaflıklar Okulu kurallarına göre, eğer bir öğrencinin kanının tamamı tükenirse ve onu kurtarmak için kan kalmamışsa o zaman bu öğrencinin vampire dönüştürülmesi gerekir," dedi.

"Ah, bu benim görevim değil, değil mi?" diye homurdandı Hemşire Tüylüben.

"Hayır, Hemşire Tüylüben. Onun için en uygun Dönüştürücü'yü annesiyle babasının bulması gerekecek."

"Şükürler olsun," dedi Hemşire Tüylüben. "Benim bu akşam biriyle randevum vardı zaten."

Müdür Kafaezen'in ağzı bir karış açık kaldı. Yaşadığı şoku gizlemeyi hiç becerememişti.

"Pekiiii," dedi Müdür Kafaezen kendini gülümsemeye zorlayarak. "Bana kalırsa aptalca bir kural bu. Ölmüş öğrenciler Venüs sinekkapanlarına yem olarak konsa çok daha faydalı olmaz mı sizce?"

"Evet, Müdür Kafaezen."

"Ama bugünlerde annelerle babaların nasıl olduğunu biliyorsunuz; çocuklarımız canlı kalsın diye tutturuyorlar. Pöffff. Her neyse."

Böylece Benny vampire dönüştürülürken bütün bir hafta boyunca evde kaldı ve Tuhaflıklar Okulu'na gidemedi. Sonra, kötü bir gribe yakalandığı için bir hafta daha evde kalması gerekti.

Bütün çocuklar onu çok kıskandı.

4

Müdür Kafaezen

İki hafta sonra Tuhaflıklar Okulu normal rutinine dönmüştü. Saat 7.30'da Müdür Kafaezen okulun kapılarını açtı, bir fincan kahve aldı ve öğrenmeyle, korkuyla ve kargaşa ile geçen sıradan bir gün yaşamayı umarak odasına girdi. Bunun yerine masasında bir zarf buldu.

Müdür Kafaezen kahvesini düşürüp titremeye başladı.

"Bu o," dedi kendi kendine. O kadar heyecanlanmıştı ki olduğu yerde donakaldı. Zarfı yavaşça aldı, dişlerini kullanarak (çünkü elleri çok iri ve sakardı) büyük, çok büyük bir dikkatle açtı ve okudu:

Müdür
Kafaezen

Tuhaflıklar Okulu'nun Sevgili Müdürü Meredith Kafaezen,

Başvurunuz bize ulaştı. Bu yıl Hortlak Oyunlarına ev sahipliği yapmak üzere Tuhaflıklar Okulu'nun seçildiğini bildirmekten mutluluk duyuyoruz. Daha fazla bilgi ve sürpriz ziyaretler için bekleyiniz.

Saygılarımla,

Franz Dietrich Kurtuluması

Hortlak Oyunları Komitesi Başkanı,

Uluslararası Hortlaklar Derneği

Müdür Kafaezen bu mektubu okuduktan sonra odasında mutluluk dansı yaptı. Dansı tarif etmeye cesaret edemiyorum, çünkü bu muhtemelen yazdığım en korkutucu şey olur ve hayatının geri kalanı boyunca kabuslar görmene yol açar. Bazı insanlar asla dans etmemeli.

Öğrenciler ve öğretmenler derhal Dehşet Çadırı'nda özel bir toplantıya çağırıldı.

Dehşet Çadırı sıradışı bir güzellikğe gotik bir ürkütücülüğe sahip bir yapıdır. Tamamen ahşaptan yapıldığı için sanki yerden sihirli bir şekilde muhteşem bir küre biçiminde büyük bir ağaç yükselmiş gibi görünür. Dış kısım ağaç kabuğunu andırsa da cilalı mermer gibi parlar. Yapının kocaman küresel yüzü, ölümcül bir çığlık atan bir insan yüzüne benzer. Çığlık atan yüzün açık ağzında okulun spor salonu ve büyük salon vardır; ancak bu büyük

salona girmek hiç kolay değildir. Çığlık atan yüzün açık ağzı yerden yüzlerce metre yükseklikte-dir. İçeri girebilmek için öğrencilerle öğretmenlerin ağacın yanında ahşap eller gibi duran dev dallara basmaları gerekir. Öğrenciler bu ellerin üzerinde dikilirken içeri girme izni verilir ve Dehşet Çadırı ellerini ağzına götürür. Öğrencilerin çabucak salona atlamaları gerekir. Uzaktan bakıldığında sanki çadır içeri girenleri canlı canlı yiyormuş gibi görünür.

İşin daha da kötüsü, salonun tepesine tünemiş korkunç suratlı taş oluklar var. Bunlar görmeye alışkın olduğun türden uyduruk taş heykeller değil; sert kanatları, keskin dişleri ve boynuzları olan gerçek yaratıklar. Sabırla tünedikleri yerde yaramaz çocukların

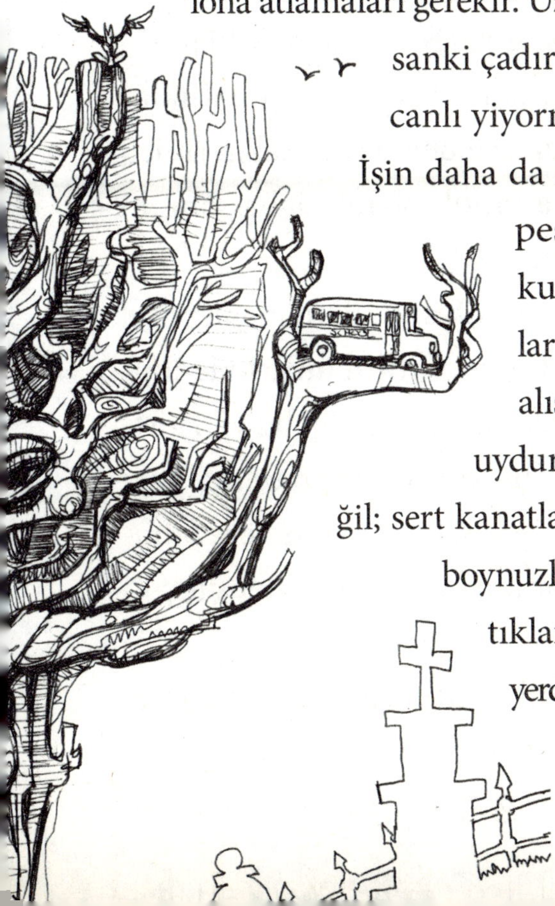

girmemeleri gereken zamanlarda salona girmeye çalışmalarını bekliyorlar.

Bu taş heykellerin acıktıklarında ya da sıkıldıklarında aşağı uçtukları ve çocukları kaptıkları biliniyor. Sözümona yalnızca kurallara karşı gelen ve Dehşet Çadırı'na yanında bir öğretmen olmadan girmeye çalışan çocukları kapmaları gerekiyor. Yaratık heykellerini atlatıp yakalanmadan ya da yenmeden salona girmek için dahice planlar-yapan bazı çocuklar oldu. Hatta b,u Tuhaflıklar Okulu'nun gizli kulüplerinden birine kabul ritüeli de oldu, ama bunu ayrıntılı olarak daha sonraki kitaplarda anlatacağız.

Saat 08.05'te bütün çocuklar ve öğretmenler özel duyuru için Dehşet Çadırı'nın tribünlerinde toplandı. Müdür Kafaezen, sahneye çıkıp bu yıl Hortlak Oyunlarına Tuhaflıklar Okulu'nun ev sahipliği yapacağını açıkladığında salonun alkış ve tezahürattan yıkılmasını ummuştu. Oysa içeride çıt çıkmıyordu.

Sessizlik birkaç dakika boyunca devam etti. Herkes gözlerini dikmiş, Müdür Kafaezen'e bakıyor, o da bakışlara karşılık veriyordu. Kimse bu haberin iyi mi kötü mü olduğunu anlayamıyordu. Yanlış tepki vermekten korkuyorlardı. Bunu yaparlarsa, Müdür Kafaezen'in onların kafalarını ezmesine yol açabilirlerdi.

Sonunda, kısa bir süre önce okula bir vampir çocuk olarak dönen Benny Porter elini kaldırdı.

"Evet, sorumuz mu var?" dedi Müdür Kafaezen.

"Müdür Kafaezen, Hortlak Oyunları nedir?" diye sordu Benny.

Gerilim azalınca herkes rahatlayarak derin bir nefes aldı.

"Gerçekten mi? Hiçbiriniz Hortlak Oyunlarını duymadınız mı?"

Herkes başını iki yana salladı.

"Tamam o zaman, bu çok iyi haber bir haber," dedi Müdür Kafaezen.

Herkes çılgınca alkışlayıp tezahürat yapmaya başladı.

"Evet, evet, çok heyecan verici. Hortlak Oyunları dünyadaki bütün korkunç yaratıklar için yılın en büyük etkinliğidir. Pek çok tür oyunda bizimle yarışmak için okulumuza gelecekler. Her öğrenci diğer hortlaklara, canavarlara ve yaratıklara karşı yarışmak için bir oyun seçmek zorunda . Doğru duydunuz, her biriniz kendi seçtiğiniz bir oyuna katılmak zorundasınız. Ancak bunun tarihi önem taşımasının asıl nedeni ilk kez insan çocukların da Hortlak Oyunlarına katılmasına izin verilmesi. Bu, nihayet okulumuzun Korkunçluk Birliği'nin bir parçası olarak tanınması anlamına geliyor!"

"Hangi oyunları oynuyoruz?" diye sordu Jason. "Hokey oynuyor muyuz?"

"Size söyledim," dedi Müdür Kafaezen, "istediğiniz her oyunu oynayabilirsiniz: spor karşılaşmaları, bilgisayar oyunları, kağıt oyunları, zeka oyunları, tahmin oyunları... siz karar verin."

Charles Yengelen bilgisayar oyunları oynayabileceklerini öğrenince kocaman gülümsedi. Yıllardır odasında tek başına Gitar Efsanesi oynuyordu ve bu oyunu dünyada en iyi kendisinin oynadığından emindi. Ama bunu kimseye gösterecek fırsatı olmamıştı.

Müdür Kafaezen devam etti. "Oyunlar baharda başlayacak, dolayısıyla hazırlanmak için önünüzde bütün bir okul yılı var. Bu arada, Hortlak Oyunlarını kazanan okul bir Altın Fil alıyor ve Arnavutluk'a gidip Canavar Kral ile tanışma hakkına sahip oluyor! Toplantı bitmiştir!"

Çocuklar sınıflarına dönerken heyecanlarını gizleyemiyorlardı. Her biri, Hortlak Oyunlarında hangi oyunu oynayacağına karar vermeye çalışıyordu. Başvurulara yalnızca bir hafta vardı.

"Ben basketbol oynayacağım," dedi Johnny.

"Ben seksek oynarım," dedi Lindsey.

Bazıları için kolay bir seçimdi bu, ama çoğu hangi oyunda en iyi olduğundan emin değildi. Oturup ciddi ciddi düşünmeleri gerekiyordu.

Charles Yengelen baharı iple çekiyordu. Sonunda bilgisayar oyunundaki gitar becerilerini bütün okula sergileme fırsatını yakalayacamıştı. Bu onun daha önce hiç hissetmediği bir azim duygusuna neden oluyordu, artık bir amacı vardı. *Belki de etkiyi artırmak için saçlarımı yeşile boyarım*, diye düşündü.

Sonra başını iki yana salladı; hayır, bu kurallara aykırı olurdu.

Müdür Kafaezen gülümseyerek koridorda dikiliyordu. Dev gibi ellerini kulaklarına götürmüş, bütün çocukların Hortlak Oyunları ile ilgili konuşmalarını dinliyordu. Hayatı boyunca bunu beklemişti.

Müdür Kafaezen doğduğunda annesiyle babası onu ne yapacaklarını bilememişti. Nasıl olurdu da bir bebeğin elleri vücudu kadar büyük ve bir gorilin elleri kadar güçlü olabilirdi? Daha da kötüsü, çocuk hayatının ilk yıllarında gücünü kontrol edemiyordu. Defalarca annesiyle babasının kafasını ezecek gibi olmuştu. Öyle ki sonunda annesiyle babası evin içinde motosiklet kasklarıyla dolaşmak zorunda kalmıştı. Biberon kullanmak imkânsızdı, çünkü bebek Kafaezen bir keresinde biberonu çok sıkınca şişe patlamıştı ve sütler her tarafa saçılmıştı.

Doktorlar onun elleri dışında son derece normal bir kız olduğunu söylüyorlardı. Bu nedenle Meredith okula başlama yaşına geldiğinde, annesi ve babası zor bir kararla karşı karşıya kaldı. Bir yandan küçük Kafaezen'in okula gitmesi ve arkadaş edinmesi gerekiyordu. Diğer yandan ise kızlarının kazara (ya da bilerek) diğer öğrencilerin ya da öğretmenlerin kafasını ezmesini istemiyorlardı. Sıradan bir okulda çok sıkıntı yaşanabilirdi.

Meredith'in annesi ile babasının duaları kabul oldu ve bir sabah kapıyı açtıklarında karşılarında iğrenç bir kardan adam buldular. Kardan adam kendini Rolf olarak tanıttı ve onlara Çığlık Akademisi'nin (aynı zamanda Aaaaaa!kademi olarak

biliniyordu) müdürü olduğunu söyledi. Meredith Kafaezen'e, Arktik dağların derinliklerinde gizlenmiş okulunda yer vermeyi teklif etti. Bu büyük bir onurdu çünkü Meredith canavarlarla, vampirlerle, kurtadamlarla, zombilerle, ejderhalarla ve hayaletlerle aynı okula giden ilk insan çocuk olacaktı.

Meredith önceleri Aaaaaa!kademi'de çok zorlandı. Kimse onunla arkadaş olmak istemiyordu, çünkü o farklıydı. Elleri yüzünden değil, insan olduğu için farklıydı. İnsanlar da hiçbir zaman canavarlara, ejderhalara ve geçmişteki diğer korkutucu yaratıklara iyi davranmamıştı. Sonra bir gün, okulun en kötü kabadayısı Trol Tony, Meredith'i yere itti ve onun harçlığını çalmaya çalıştı. Tony kendisine çok yaklaşınca Meredith onun çenesine bir yumruk attı ve Tony neye uğradığını şaşırıp sendeleyerek geri çekildi.

Çok öfkelenen Tony hırlayarak ve ağzından salyalar akıtarak Meredith'in üzerine atıldı. Tam onu yemek üzereydi ki Meredith içgüdüsel olarak uzanıp trolün kendisini yemesine bırakmadan onun kafasını ezdi. Böylece Trol Tony, dev gibi elleri olan küçük kızlara şiddet uygulamaması gerektiği konusunda çok değerli bir hayat dersi almış oldu.

Okuldaki diğer çocuklar olup biteni görünce Meredith'i omuzlarına aldılar ve adını şarkı gibi söyleyerek onu okulun çevresinde dolaştırdılar. "Kafaezen! Kafaezen! Kafaezen!" Kabadayıdan kurtuldukları için öyle mutluydular ki Meredith okulun kahramanı oldu ve hatta sınıf başkanı bile seçildi.

Bundan sonra Meredith, Çığlık Akademisi'nde çok mutlu oldu. Yaz tatili için evine gittiğinde mahalledeki tüm arkadaşlarına korkunç okulundan söz etti. Çocukların hepsi, hiç mi hiç sıkıcı olmayan bir okula gittiği için onu çok kıskandılar.

Bu arada, Müdür Kafaezen'in Çığlık Akademi'sinin en sevdiği yönü Hortlak Oyunları idi. Yeryüzündeki bütün korkunç okullar arasında her yıl düzenlenen, çeşitli oyunların oynandığı bir yarışmaydı bu. Genç Meredith her yıl bilek güreşinde madalya kazanıyordu. Onun bilek güreşlerini her zaman kalabalık bir izleyici topluluğu takip ediyordu. Meredith, kendisinin beş katı iriliğinde kötü yaratıkları ve canavarları kolayca alt ederken rakip okulların korkunç öğrencileri bağırıyor, yuhalıyorlardı.

Meredith Kafaezen uzun yıllar boyunca Çığlık Akademisi'nde insan tarihi dersi verdikten sonra Amerika Birleşik Devletleri'ne döndü ve Tuhaflıklar Okulu'nu kurdu. Sıradan çocuklarla korkunç çocukları ve korkunç öğretmenleri bir araya getiren ilk ve tek okuldu burası. Sonunda öğrencileri onun gençken yakaladığı fırsatı yakalayacak, dünyanın her yerinden canavarlarla tanışma şansına erişecek, belki de zafer sayesinde ün ve beğeni kazanacaktı.

Ancak en önemlisi, Hortlak Oyunlarından daveti Tuhaflıklar Okulu'nun başarısının nihayet kabul edildiği anlamına gelmesiydi. Bir milyon yıldır hiç kimse canavarlarla insanları bir araya getiren bir okulun faaliyet gösterebileceğini düşünmemişti. Oysa şimdi bu okul yalnızca faaliyet göstermekle kalmıyor, aynı zamanda Müdür Kafaezen'in en çılgın hayallerinin bile ötesine geçecek kadar başarılı oluyordu.

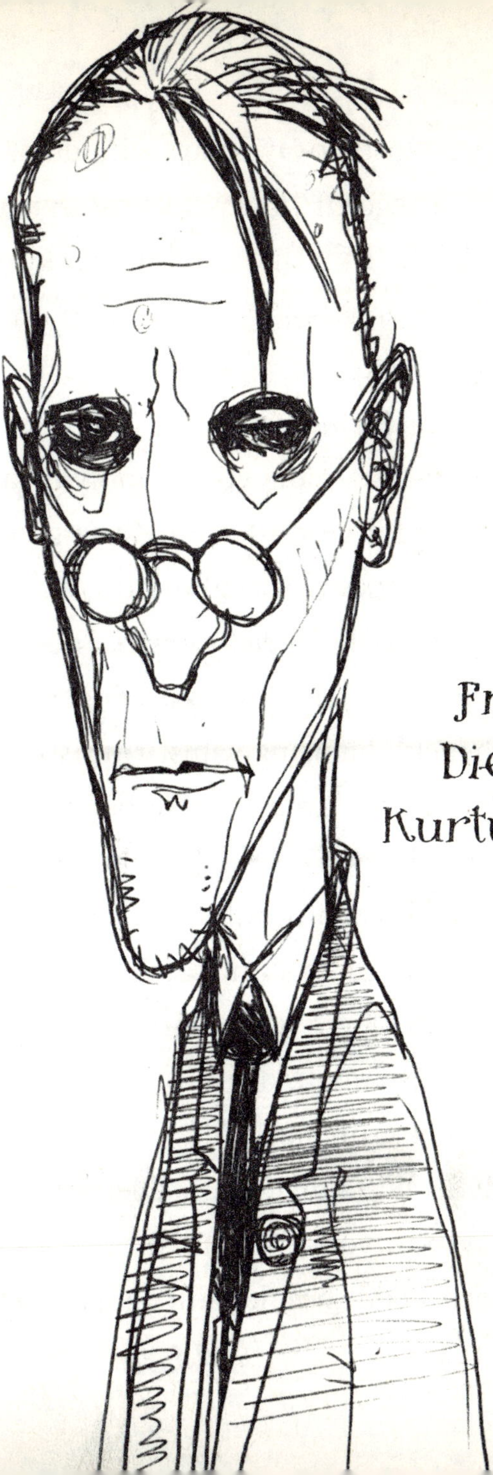

Franz
Dietrich
Kurtulaması

Eğer Hortlak Oyunları iyi giderse bu, binlerce yıldır süregelen insan-canavar ayrımına bir son verebilirdi. Tuhaflıklar Okulu'nu kurduğu ilk andan itibaren Müdür Kafaezen'in en büyük düşü de buydu zaten.

Müdür Kafaezen saat 8.30'da tekrar odasına girdi. Havada dans ediyor gibiydi sanki. Derken ayağı takıldı ve gri takım elbise giymiş, zayıf bir adamın ayaklarının dibine düştü. Adamın yüzü çöküktü, adeta iskelet gibiydi. İnce çerçeveli gözlük takmıştı; tel tel kır saçları geriye doğru taranıp benekli kafasına yapıştırılmıştı.

"Bay Kurtuluması!" diye bağırdı Müdür Kafaezen yerden kalkarak. "Sizi bu kadar çabuk görmeyi beklemiyordum!"

Bay Kurtuluması mesafeli ve ters bir sesle karşılık verdi. "Beni beklediğinize göre bu büyük bir sürpriz olmamalı, değil mi?"

"Hayır, sanırım değil."

Müdür Kafaezen, Franz Dİetrich Kurtuluması'nı çok iyi tanıyordu. Kendisi otuz yıl önce Çığlık Akademisi'nde beşinci sınıf öğretmeniydi ve Müdür

Kafaezen'in onun derslerine ilişkin pek hoş anıları yoktu. Bay Kurtuluması, insanlarla canavarların asla bir araya getirilemeyeceğini düşünüyordu. Müdür Kafaezen, sınıf arkadaşlarının önünde aptal durumuna düşmesi için adamın onu yalnızca zor sorularda tahtaya kaldırdığını hatırlıyordu.

"Konuşulması gereken ayrıntılar ve imzalanması gereken formlar var," dedi Kurtuluması. "Bu her şeyi resmileştirecek."

Müdür Kafaezen'e üzerinde büyük, siyah harflerle EV SAHİBİ OKUL KABUL FORMU yazan bir form uzattı. Bu başlığın altına ancak mikroskopla okunabilecek bir el yazısıyla başka şeyler de yazılmıştı, ama Müdür Kafaezen formu imzalamadan önce bunları okuma zahmetine katlanmadı.

"Harika," dedi Kurtuluması tedbirli bir gülümsemeyle. "Şimdi sizi yeni kurallar ve süreçler hakkında bilgilendireyim."

"Yeni kurallar ve süreçler mi? Bana değişikliklerden söz edilmedi hiç."

"İşin içinde insanlar da varken her şeyin aynı kalacağını düşünmediniz herhalde, değil mi? Bundan önce Hortlak Oyunlarında yarışan tek insan sizdiniz ve bu insan çocukların sahip olmayacağı 'elle tutulur' bir avantajınız vardı. Bu nedenle herhangi bir değişikliğe ihtiyaç duyulmamıştı."

"Pekâlâ, değişiklikler neler?"

"Pek çok şey aynı kalacak. Siz ev sahibi okul olduğunuzdan oynanacak oyunlara öğrencilerinizin karar vermesi gerekecek. Diğer okullar da her oyun için kendi yarışmacılarını gönderecekler. Ancak, madalya vermek yerine ödüller oldukça farklı olacak. Bu yıl, kazananlar... kaybedenleri... yiyecek."

Franz Kurtuluması bu son sözleri keyfini çıkara çıkara söyledi ve bu düşünceyle dudaklarını yaladı.

"*Ne?*" diye bağırdı Müdür Kafaezen. "Ama bu durumda, canavarlar bütün oyunları kazanırsa geriye hiç öğrencim kalmaz. Bu, Tuhaflıklar Okulu'nun sonu olur!"

"Evet, öyle. Bu, daha en başından hiç olmaması gereken bir şeyin sonu olur. İşe iyi tarafından bakacak olursak, okulunuzdaki korkunç öğrencilerin kendilerini savunabileceklerinden ve yenmeyeceklerinden eminim. Sanırım yalnızca insan öğrenciler yenir. Böylece sonunda siz de diğerleri gibi normal bir korkunç okula sahip olursunuz. Bu güzel olmaz mı?"

Müdür Kafaezen sonunda neler olup bittiğini anlamıştı. Tuhaflıklar Okulu'nun Hortlak Oyunları için seçilmesinin nedeni ona haritada yer vermek değil, haritadan silinmesini sağlamaktı.

"Bay Kurtuluması, lütfen. Herkesin azmini artırmak için birkaç öğrenciyi kaybetmeyi anlıyorum, ama para ödeyen bütün öğrencilerimi kaybedemem. Üstelik, kazanmaları halinde öğrencilerim canavarları yemek istemeyeceklerdir ki."

"Endişelenmeyin. Eğer insan öğrenciler canavarları yemek istemezlerse bunun yerine onlara lolipop veririz. Bunların hepsi onaylayıp imzaladığınız kabul formunda yazıyor. Elinizdeki kopyayı daha dikkatli incelemekten çekinmeyin."

Müdür Kafaezen, Franz Kurtuluması'nın kafasını oracıkta ezmemek için kendini çok zor tutuyordu.

"Hoşça kalın, Müdür Kafaezen. Gelecek dolunayda görüşemezsek baharda mutlaka görüşürüz." Kurtuluması'nın çevresinde bir duman bulutu belirdi.

Duman kaybolduğunda, Kurtuluması hâlâ orada dikiliyordu. Islık çalmaya başladı ve umursamaz bir tavırla odadan çıktı. Müdür Kafaezen kafasını kaşıdı, aklı karışmıştı. Birden duman alarmı çalmaya başladı, tavandaki su püskürtücüler fırladı ve bütün odaya su püskürtmeye başladı.

Sırılsıklam olan Müdür Kafaezen öfkeden kudururken, Kurtuluması koridorda sırtlan gibi gülüyordu.

5

Korkusuz Çocuk, Fred

Herkes Fred'i sever çünkü o, okulun kahramanıdır.

Özel toplantıdan sonra sabah, Müdür Kafaezen okulun hoparlörlerinden Hortlak Oyunlarında yeni kurallar olduğunu ve Tuhaflıklar Okulu öğrencilerinin kaybetmeleri halinde canavarlar tarafından canlı canlı yeneceklerini duyurdu. Sınıftaki bütün öğrenciler bir ağızdan bağırdılar. Fred dışında.

Fred büyürken her gece canavarlar ve hortlaklar ile ilgili kâbuslar görüyor ve avazı çıktığı kadar bağırarak uyanıyordu. Annesiyle babası koşarak yanına gelip tekrar tekrar ona canavar diye bir şey olmadığını, gördüğünün yalnızca bir rüya olduğunu söylüyorlardı.

Annesi ve babası son derece ikna ediciydi; Fred de rüyalarına musallat olan canavarların gerçekte var olmadıklarından emin oldu.

Bu nedenle Fred, Tuhaflıklar Okulu'na başladığında ve her yerde kâbuslarından çıkan yaratıkları gördüğünde doğal olarak rüyada olduğunu sandı. Ne zaman okula gitse rüya gördüğünü sandığı için gördüğü hiçbir şeyin gerçek olduğunu düşünmüyordu. Bu nedenle de korkmuyordu. O, korkusuz çocuktu.

Dr. Ejdernefesi koridorda yürürken bütün çocuklar kaçışıp duvar diplerine siniyor, ona bakmaya bile cesaret edemiyorlardı. Ama Fred onun yanından geçip gülümseyerek, "Günaydın!" diyebiliyordu. Bir keresinde, "Günaydın, seni çirkin koca ejderha!" bile demişti. Dr. Ejdernefesi çok öfkelenmişti, ama kendi sınıfından olmayan hiçbir çocuğu yiyemezdi. O da, öfkeden tepesinden dumanlar çıkarak fırtına gibi uzaklaşıp gitmişti.

Çocuklar Fred'in ya çok cesur ya da ölümüne susamış olduğunu düşünüyorlardı. Oysa Fred, rüyada olduğu için başına hiçbir kötü şeyin gelemeyeceğine inanıyordu.

Bir keresinde de Fred, Peter adındaki kurt çocuğun hokey antrenmanından sonra Jason'ı yere ittiğine tanık olmuştu. Kurt Peter, Jason'ı paralayacak gibi görünüyordu. Bunun üzerine Fred, korkusuzca kendini kavganın ortasına atmıştı. Epey kötü şekilde yaralanıp berelenmişti, ama Peter'in hakkından da gelmişti. Peter,

kurtadam kuyruğunu bacaklarının arasına kıstırıp aceleyle oradan uzaklaşmıştı.

"Teşekkür ederim, Fred," demişti Jason.

"Her zaman," diye karşılık vermişti Fred. "Of, bu kesikler gerçekmiş gibi acıyor."

Jason ona garip garip bakmıştı. Ama o günden sonra çok iyi arkadaş olmuşlardı.

Fred, Peter'le kavgasından sonra tırnaklarını da uzatmaya başladı. Böylece bir daha Peter'le kavga etmesi gerektiğinde dezavantajlı durumda olmayacaktı.

Ancak Fred'in okulun kahramanı olmasının asıl nedeni önceki yıl Bay Asitbanyosu'nun dersinde yaşananlardı. Fred, dördüncü sınıftaki diğer öğrencilerle birlikte dilbilgisi sınavı oluyordu. Öğretmenleri, Bayan Kayasurat sözcükleri yüksek sesle söylüyordu, onlar da yazıyorlardı.

"Son sözcük... patlama... pat—la-ma."

O sırada koridorda büyük bir patlama oldu.

Bummmm!

Herkes kalemini bırakıp neler olduğunu görmek için sınıftan dışarı koştu.

Koridorun karşı tarafında, Bay Asitbanyosu'nun sınıfı alev alev bir cehenneme dönmüştü. Turuncu ve mavi alevler kapıdan dışarı sızıyordu. Bay Asitbanyosu ve bütün öğrencileri içeride mahsur kalmışlardı. Çığlıklar atarak yardım istiyorlardı. Bunu biliyorum, çünkü ben, Hayalet Derek (hayalet olmadan önce) o öğrencilerden biriydim. Fırında pişmenin nasıl bir şey olduğunu öğreneceğim hiç aklıma gelmezdi, ama o sırada bunu öğreniyordum.

Hemşire Tüylüben ve bazı öğretmenler yangını söndürmek için Tuhaflıklar Okulu'nun yangın hortumunu getirmeye çalışıyorlardı. Oysa hortum sınıfa uzanabilecek kadar uzun değildi. Hiç kimsenin içeri girip öğrencileri kurtaracak cesareti yoktu, bu da çok doğaldı. Yangın öylesine kontrolden çıkmıştı ki içeri girme cesaretini gösteren biri dışarı sağ çıkamazdı.

Korkmayan tek kişi Fred idi. Fred, karşısındaki alevleri izlerken, *Vay be! Amma canlı ve gerçekçi bir rüya!* diye düşünüyordu. *Alevlerin sıcaklığını basbayağı hissediyorum.*

Fred, kimsenin onu durdurmasına fırsat vermeden okul arkadaşlarını kurtarmak için sınıfa daldı.

İçeri girdiğinde bir sürü çocuğun giysilerindeki alevlerden kurtulmaya çalışarak yerde yuvarlandıklarını gördü. Fred, yangından hiç etkilenmemiş görünüyordu. Alevler canını hiç yakmıyordu sanki. *Bunun bir rüya olduğunu biliyorum,* diye düşünüyordu Fred. *Eğer gerçek olsaydı, şimdiye kadar diri diri yanmış olurdum.*

Fred, yangının Bay Asitbanyosu'nun Korku Gazı ile yaptığı deneyin tamamen ters gidip büyük bir patlama olduğunda çıktığını bilmiyordu. Bu bir Korku Gazı deneyi olduğundan alevler sihirliydi ve korkmayan birinin canını yakmıyordu. Bütün öğrenciler, hatta Bay Asitbanyosu bile korkuyordu. Yangın, korkularını daha da besleyerek onları tüketiyordu. Ancak Fred, tüm gücüyle alevlerle mücadele ediyor ve onların hakkından geliyordu.

Fred hangi arkadaşına yaklaşsa alevler onların üzerinden kediden kaçan korkmuş fareler gibi atlayıp geçiyordu. Fred, birer birer bütün arkadaşlarını yangının içinden çıkardı ve adeta korkusuz bir güvenlik kozasıyla sardı.

Sonunda yirmi iki öğrenciyi ve kazanın sorumluluğunu taşıyan, bu nedenle de zorunlu izne çıkması gerekecek olan Bay Asitbanyosu'nu kurtarmıştı. Bazı çocuklar kötü yanmışlardı, ama Hemşire Tüylüben'in kısa süre içinde halledemeyeceği bir durumda olan yoktu.

Yangından sağ çıkamayan tek çocuk bendim. Akıllılık ettiğimi sanıp kimyasal madde dolabının

içine girmiştim çünkü. Ama içeride kilitli kaldım ve diri diri yandım. Ha! Bu arada, yangında ne yapılmaması gerektiği konusunda önemli bir hayat dersi almış oldum elbette.

Koridorda herkes Fred'e tezahürat yapıyordu. Oğlanlar onunla "çak" yaptılar, kızlar ona sarıldılar. Öğretmenler de alkışladılar.

"Bu, hayatımda gördüğüm en güzel rüya!" diye bağırdı Fred.

Kimse ona bunun bir rüya olmadığını söylemeye cesaret edemedi, çünkü okulun kahramanını kaybetmekten korkuyorlardı.

Böylece, Müdür Kafaezen öğrencilerin Hortlak Oyunlarını kaybetmeleri halinde canlı canlı yeneceklerini duyurduğunda neden korkmayan tek kişinin Fred olduğunu öğrenmiş oldun.

Jason ona fısıldadı. "Ben kesinlikle hokey oynayacağım. Sen ne oynayacaksın, Fred?"

"Hımmm... Derin uyku yarışması nasıl olur? Çünkü kendimi ne kadar sert çimdiklersem çimdikleyeyim, uyanamıyorum bir türlü."

6

Dr. Ejdernefesi'nin Kuralları

Eğer şimdiye kadar pek de korkunç bir şey olmadığını düşünüyorsan şimdi seni tekrar okulun ilk gününe götürüyorum. Kitabın başında sana Dr. Ejdernefesi'nden söz etmek istemedim, çünkü ödünü patlatmak için çok erkendi. Ama artık Tuhaflıklar Okulu'nun nasıl işlediğini anladığına ve buraya kadar okuyarak çok cesur olduğunu kanıtladığına göre, sanırım okulun ilk günü Dr. Ejdernefesi'nin sınıfında neler olduğunu duymaya hazırsın.

İlk gün saat 8.00'da Dr. Ejdernefesi'nin sınıfında otuz öğrenci vardı.

İlk gün saat 8.12'de Dr. Ejdernefesi'nin sınıfında yalnızca iki öğrenci kalmıştı.

Müdür Kafaezen, Dr. Ejdernefesi'nin öğrencilerin derste canlı olması gerektiği yönündeki genel kanıyı desteklemeyen olağandışı öğretim yöntemine aşinaydı. Bu nedenle değerli korkunç öğrencilerinden hiçbirini onun sınıfına vermiyordu.

Ders başlamadan beş dakika önce otuz öğrencinin hepsi sınıftaydı. Bazıları gergindi. Bazıları çok gergindi. Bazıları Dr. Ejdernefesi hakkında duyduğu korkunç hikâyelere inanmıyormuş gibi serinkanlı ve rahat görünmeye çalışıyordu. Birkaçı yaramazlık yapmaya başlamıştı bile. Birbirlerine tükürerek kağıt atıyorlar, sınıfın içinde birbirlerini kovalıyorlardı. Bunlar, hikâyelere kesinlikle inanmayanlardı.

Saat tam 8.00'de Dr. Ejdernefesi sınıfa girdi.

Bütün gürültüler ve fısıltılar kesildi. Sınıfta ölüm sessizliği oldu.

Dr. Ejdernefesi'nin adı yalnızca onun pis nefesini tanımlamıyordu. Kendisi üç metre boyunda, gözü işinden başka bir şeyi görmeyen bir ejderhaydı.

İki kalın bacağının üzerinde dimdik yürüyordu. Güçlü kolları ve her bir elinde on beş santim uzunluğunda ve jilet keskinliğinde pençeleri vardı. Ejderha pullarının üzerine, kusursuz şekilde ütülenmiş bir takım elbise giyiyor ve kravat takıyordu. Uzun ejderha burnunun üzerinde kalın, siyah çerçeveli gözlükleri vardı. Hiç gülümsemiyordu, ama konuşurken dişlerinin yalnızca bir şey için tasarlandığı anlaşılıyordu: Taze et yemek.

"Oturun," dedi Dr. Ejdernefesi rahat bir tavırla. Korkutucu bir ejderden çok, eğitimli bir bilim yaratığı gibi konuşuyordu.

Sınıfın içinde koşarken oldukları yerde donakalmış olan iki çocuk yerlerine döndü. Dr. Ejdernefesi siyah evrak çantasını masasına bıraktı ve sınıfa baktı.

"Merhaba. Adım Dr. Ejdernefesi. Tıp değil, ejderha tarihi konusunda eğitim gördüm. Bu nedenle eğer bazı uzuvlarınızı korumak istiyorsanız benden nezlenizi iyileştirmemi filan istemeyin sakın."

Öğrencilerin ağızları bir karış açık kaldı.

"Belki de duymuşsunuzdur; geçmişte sınıfımdaki öğrencilerin pek çoğu dersimden sağ çıkamadı. Sizinle durumun farklı olmasını içtenlikle umut ediyorum. Hayatta kalmak için tek yapmanız gereken, 'Dr. Ejdernefesi'nin Kuralları' adındaki bir dizi basit kurala uymak. Eğer bu kurallardan birine uymayacak olursanız, sonuçları çok hızlı ve ölümcül olur."

Çocuklar birbirlerine bakıp yutkundular.

"Ah, gördünüz mü!" diye homurdandı Dr. Ejdernefesi. "Çoğunuz dikkatinizi bana vermek yerine birbirinize bakarak kurallardan birini çiğnediniz bile. Ama kuralı henüz bilmediğiniz için bir kereliğine affedileceksiniz. Gördüğünüz gibi sert, ama adil biriyim. İşte, genç öğrencilerim, Dr. Ejdernefesi kuralları bunlar."

Dr. Ejdernefesi tavandan uzun bir kağıt rulosu çekip indirdi. Burada, kan olma olasılığı çok yüksek olan koyu kırmızı mürekkeple beş kural yazılıydı.

"Bunlar dersimin beş kuralı, birden beşe kadar numaralandırıldı. Kuralların sırası, birinin diğerinden daha önemli olduğunu göstermiyor. Her bir

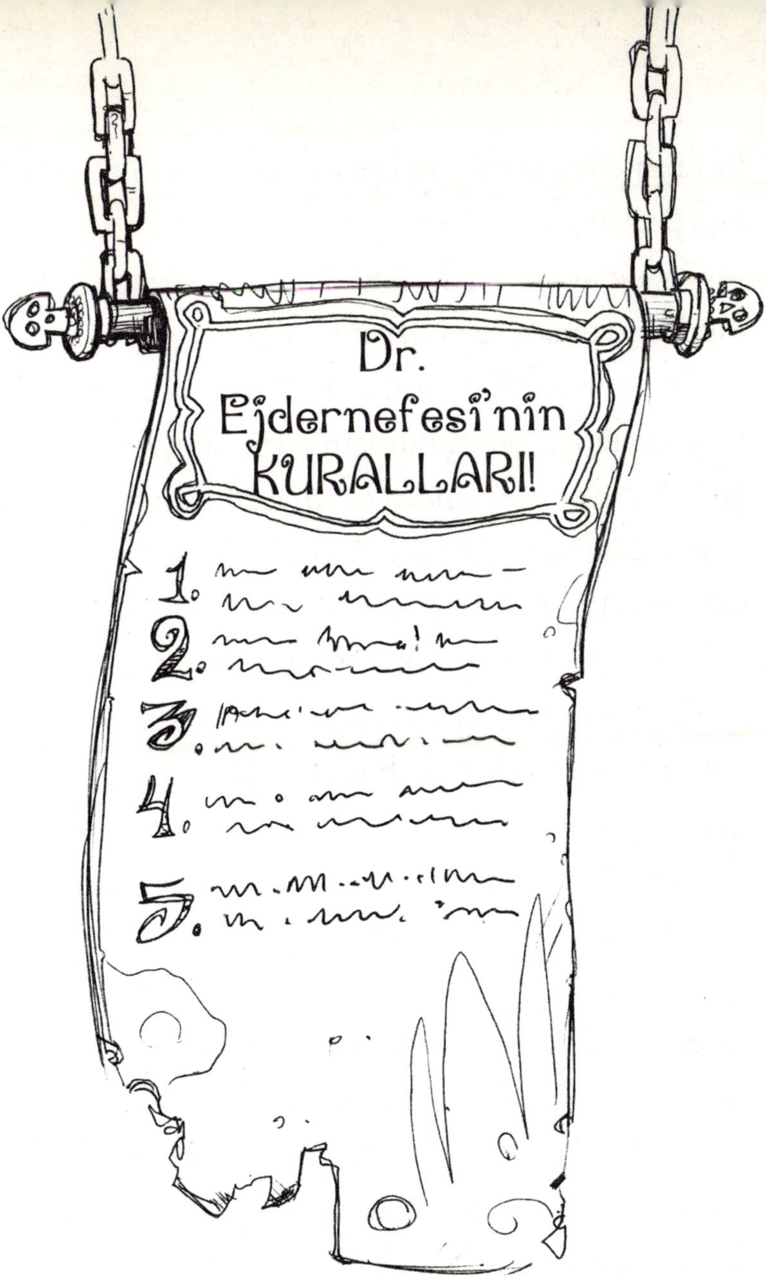
Dr. Ejdernefesi'nin KURALLARI!
1.
2.
3.
4.
5.

kuralın ihlali sizin için eşit derecede büyük bir felaketle sonuçlanır."

Çocuklar yine yutkundular, ama gözlerini dikip karşıya bakmaya devam ettiler.

Dr. Ejdernefesi devam etti. "Bir kuralı işaret ettiğimde lütfen bu kuralı içinizden okuyun." Jilet gibi keskin pençelerinden birini uzattı ve işaret etti.

BİR NUMARALI KURAL: KONUŞMADAN ÖNCE HER ZAMAN ELİNİZİ KALDIRIN.

"Gayet basit, değil mi? Bunun bütün derslerinizde geçerli bir kural olduğundan eminim."

Gergin öğrencilerden biri olan Cindy Chan elini kaldırdı.

"Bakın! Biri bir numaralı kuralı uyguladı bile. Aferin!" dedi Dr. Ejdernefesi. "Konuşabilirsin."

Cindy o kadar gergindi ki konuşurken kekeliyordu. Bu da zaten belirgin olan konuşma bozukluğunu daha beter hale getiriyordu. "Dr...Dr...Dr... Ejdev...Dr. Ejdevnefesi, ben... gözyükyevimi evde unuttum ve ben...ben...kuvayyayı okuyamıyovum."

Dr. Ejdernefesi karşılık verdi. "Bunu anlayışla karşılıyorum, genç insan. Sizin türünüzün beyni her zaman iyi çalışmadığı için böyle şeylerin olduğunu biliyorum. Bir Numaralı Kural şu: 'Konuşmadan önce mutlaka el kaldırın.' Sen bu kurala içgüdüsel olarak uydun. Çok etkileyici. Bu noktadan sonra ben size kuralları yüksek sesle okurken yalnızca dinle lütfen.

"İki Numaralı Kural. Sınıfta çiklet çiğnemek yok. Bu da çok yaygın bir kural, değil mi?"

Dersten önce etrafta koşuşturan çocuklardan biri olan Randall, o sırada çiklet çiğnemekte olduğunu fark ederek donakaldı. Çaktırmadan elini ağzına götürdü ve çikleti çıkarıp cebine koydu. Ancak tam o sırada Dr. Ejdernefesi yaptığı işi bıraktı ve havayı koklamaya başladı. Doğruca Randall'a baktı ve çataldili, ağzından çıkıp sınıfın içinde yirmi metre ileri fırladı.

Dili Randall'ın elindeki sakızı kaptı! Dr. Ejdernefesi birkaç saniye çikletle oynadıktan sonra ondan, içi *ejder nefesiyle* dolu dev bir balon şişirdi. Ejder nefesi hava ile ateşin birleşimidir, bu nedenle Dr. Ejdernefesi tükürdüğünde balon, odanın içinde parlayan bir ateş topu gibi uçtu.

Çocuklar büyülenmiş gibi bakakaldılar. Balon yeniden kendisine döndüğünde Dr. Ejdernefesi ona pençesiyle vurdu. Önce patlayıp müthiş bir ateştopuna dönüşen balon sonra kayboldu. Çocuklar, "Yaşasın!" diye bağırıp avazları çıktığı kadar tezahürat yaptı.

"Teşekkür ederim," dedi Dr. Ejdernefesi onların karşısında eğilerek. "Bakın, bazı katı kuralların olması dersin eğlenceli olamayacağı anlamına gelmez. Sen de korkma, Randall, çiklet çiğnemeden önce bu kuralı bilmiyordun, bu nedenle bir kerelik affedildin. Ben sert ama aynı zamanda adilimdir.

"Üç Numaralı Kural. Bütün dikkatinizi daima Dr. Ejdernefesi ya da yapılan iş üzerinde yoğunlaştırmalısınız. Bu da diğer derslerinizden farklı değil, yalnızca sonuçları daha ciddi. Daha önce, bana değil birbirinize baktığınızda bütün dikkatinizi bana vermiyordunuz. Dolayısıyla da Üç Numaralı Kural'a karşı gelmiş oluyordunuz."

Çocukların hepsi boyunlarını dikleştirip hiç kıpırdamadan durdular.

"Dört Numaralı Kural. Takla, geri takla, parende ya da diğer inanılmaz jimnastik hareketleri ders sırasında yasak."

Sınıftakiler sessizlik içinde Dr. Ejdernefesi'ne bakıyordu. Biraz kafaları karışmıştı. Hepsi, öğretmenlerinin daha önceki sınıflarında böyle bir sorun yaşamış olup olamayacağını düşünüyordu hepsi.

"Bu kural siz insanların 'Şaka' dediğiniz şey. Sırf sizi güldürmek amacıyla kondu," dedi Dr. Ejdernefesi. Hâlâ gülümsemiyordu. "Hiçbirinizin ders sırasında jimnastik hareketleri yapmasını beklemiyorum elbette. Bir kere masaların arasında o kadar yer yok zaten."

Kimse gülmüyordu.

"Sanırım insan mizahını hiç anlayamayacağım," diye homurdandı Dr. Ejdernefesi. "Son olarak Beş Numaralı Kural. Şimdi sizi uyarmalıyım. Bu, öğrencilerimin uymakta en çok zorlandıkları kural. Bu da kaçınılmaz olarak onların ölümüne neden oluyor. Son bir sözü olan kimse var mı?"

Beş Numaralı Kural'ı yıkma korkusuyla kimse konuşmadı.

"Aferin sınıf!" diye bağırdı Dr. Ejdernefesi. "Birinizin Bir Numaralı Kural'ı yıkacağından emindim. Gerçekten çok etkilendim. Şimdi lafı fazla uzatmadan, size... Beş Numaralı Kural'ı veriyorum."

Dr. Ejdernefesi tek kelime söylemeden Beş Numaralı Kural'ı işaret etti. Hemen hemen bütün öğrenciler onun pençesini takip ettiler ve içgüdüsel olarak kuralı okudular. Şöyle diyordu:

BEŞ NUMARALI KURAL. BU, YASAKLI KURALDIR. HİÇBİR ÖĞRENCİNİN BU CÜMLEYİ OKUMASINA İZİN YOKTUR.

Dr. Ejdernefesi, sihirli ejder gözlükleri sayesinde daha da güçlenen keskin ejder gözleriyle Beş Numaralı Kural'ı okuyan ve böylece Beş Numaralı Kural'a karşı gelmiş olan her öğrenciyi zihnine kaydetti.

Kuralı okuduktan sonra bütün öğrenciler başlarını kaldırıp gergin bir şekilde Dr. Ejdernefesi'ne baktılar. Dr. Ejdernefesi gözlüklerini çıkardı, kravatını gevşetti ve ilk kez gülümsedi.

"Ah zavallıcıklar. Sizin için öyle büyük umutlarım vardı ki."

Dr. Ejdernefesi, müthiş ejder hızıyla sınıfta dolaşarak Beş Numaralı Kural' a karşı gelen her bir öğrenciyi yedi.

Dr. Ejdernefesi tarafından yenen her öğrenci, kurallara uymak ve daha da önemlisi takım elbise giyen ejderlere güvenmemek konusunda çok önemli bir hayat dersi almış oldu. Dr. Ejdernefesi tarafından yenmenin neden bir çocuğun başına gelebilecek en iyi şey olabileceğini öğrenmek için okumaya devam etmen gerek.

Dr. Ejdernefesi sınıftakileri yemeyi bitirdiğinde yalnızca bir öğrenci hayatta kalmıştı. Gözlüklerini evde unutan ve bu nedenle de Beş Numaralı Kural'ı okuyamayan Cindy Chan idi bu. Kızcağız oturduğu yerde titriyordu.

Dr. Ejdernefesi masasının arkasındaki iskemleye çöktü. "Ne yemekti ama," dedi göbeğini ovuşturarak. "En az bir yıl başka bir şey yemesem olur."

Cindy hâlâ donakalmış bir halde titriyordu.

"Rahat ol, genç insan. Beş Numaralı Kural'a uyan tek kişi sensin yani son derece güvendesin. Şimdi daha fazla zaman kaybetmeyelim de derse başlayalım. Ben 1512 Ejder-İnsan Savaşları'nı anlatırken sen de lütfen defterini aç ve notlar al."

Cindy Chan, Dr. Ejdernefesi'nin Ejder-İnsan Savaşları hakkındaki etkileyici konuşmasını dinlerken özenle notlar aldı. Dr. Ejdernefesi'nin konuşması çok etkileyiciydi ve Cindy birçok şey öğrendi. Dr. Ejdernefesi kesinlikle Cindy'nin o güne kadar sahip olduğu en iyi öğretmendi. Cindy, diğer çocukların hiçbirinin hayatta olup bu konuşmayı dinleyememesine üzüldü.

Öğle yemeğinden hemen önce sınıfın kapısı açıldı ve içeri yeni bir çocuk girdi. Charles Yengelen idi bu.

"Selam, benim adım Charles Yengelen. Şimdiye kadar cezadaydım."

"Neyse ki," dedi Dr. Ejdernefesi, "benim dersime geç kalmak ölümle cezalandırılan bir kural değil."

"Şükürler olsun," dedi Charles. "Kurallara karşı gelmekten nefret ederim. Meğer üniformamı giymemişim, Hemşire Tüylüben bana Benny Porter adında bir çocuğun giysilerini getirdi. Onun artık bu giysilere ihtiyacı yokmuş. Tam zamanında oldu bu, çünkü Bayan T beni yemek üzereydi."

"Sana hayat hikâyeni sormadım," diye atıldı Dr. Ejdernefesi. "Lütfen otur ve benim sınıf kurallarımı oku."

Charles oturup kendi kendine ilk dört kuralı okudu. Dr. Ejdernefesi açlıkla onun Beş Numaralı Kural'ı okumasını bekliyordu, ama Charles bunu yapmadı.

"Beş Numaralı Kural'ı okumayacak mısın?" diye sordu Dr. Ejdernefesi.

"Elbette hayır! Bu, kurallara aykırı."

"Ama… sen bunu nereden biliyorsun?"

"Ceza odasından buraya doğru yürürken Derek adında bir hayalet söyledi."

"Anlıyorum. Hayalet Derek senden hoşlanmış olmalı. Çok şanslısın."

O öğleden sonra çok öfkeli yirmi dokuz veli, Müdür Kafaezen'in odasına fırtına gibi daldı.

Randall'ın babası kükredi: "Hayatta kalma şansının yüksek olmadığını biliyordum, ama bu daha okulun ilk günü! Yapmayın!"

"Dinleyin," dedi Müdür Kafaezen, "Eğer çocuğunuz yenmişse bunun nedeni Dr. Ejdernefesi'nin çok basit kurallarından birine uymamış olmasıdır. Hepiniz feragat formlarını imzaladınız. Bu konuda yapabileceğim bir şey yok!"

Veliler tatmin olmamıştı. Hesap sormaya devam ettiler. Sonunda Müdür Kafaezen şöyle dedi: "Bakın, dünyada milyarlarca, milyarlarca çocuk var. Oysa ejderlerin nesli tükeniyor. İşin gerçeği, ejderlerin meydana gelmesinin gizli yolu bu. Dr. Ejdernefesi'nin bugün yediği çocukların hiçbiri gerçekte ölmedi. Yalnızca onun karnında, kozasındaki bir tırtıl gibi bekliyorlar. Yaklaşık dokuz ay sonra, tam Hortlak Oyunları başlarken Dr. Ejdernefesi çocuklarınızın hepsini kusacak ve böylece onlar genç ejderlere dönüşmüş halde dışarı çıkacaklar."

"Bir dakika," dedi Randall'ın babası heyecanla titreyerek. "Benim biricik oğlumun canlı canlı yendiğini, ama aslında ölmediğini, dokuz ay sonra ejdere dönüşmüş bir halde geri döneceğini mi söylüyorsunuz yani?"

"Evet."

"...Müthiş!"

OĞLUM
1
NUMARA!

Petunya

7

Petunya'nın Sorunları

İşte Tuhaflıklar Okulu'nun sırrı: Bazen öğrenciler de öğretmenler kadar korkunç olabiliyor. Sen sıradan bir çocuk olabilirsin ama belki yanında oturan çocuk bir zombi, vampir ya da kurtadamdır. Tuhaflıklar Okulu'nu ekstra korkunç yapan budur. Müdür Kafaezen'in okul ücretini yüksek tutmasının önemli bir nedeni de budur.

Araştırmalar, çocukların ne kadar korkarlarsa o kadar iyi öğrendiğini göstermektedir. Sonuçta bir soruyu yanlış cevaplamanız halinde öğretmeninizin kollarınızı koparacağını bilmekten daha iyi bir motivasyon olabilir mi? (Geçen yıl bunu Müdür Kafaezen'in bir röportajda söylediğini duydum, ayrıntıları daha sonra anlatacağım.)

Müdür Kafaezen, Tuhaflıklar Okulu'nun etrafında olabildiğince çok korkunç çocuğun dolaşmasını istiyordu. Dolayısıyla eğer yeterince korkunç bir çocuksanız Tuhaflıklar Okulu'nda bursl okuyabilirdiniz. Ne de olsa okulda ne kadar çok korkunç çocuk olursa, Müdür Kafaezen normal velilerden çocuklarının bu okula kaydı için o kadar çok para alabilirdi.

Basit bir ekonomiydi bu.

Petunya, Tuhaflıklar Okulu'na bursla devam eden korkunç çocuklardan biriydi.

Hatırlayacağın gibi Frank (Rachel diye okunuyor), Petunya'nın en iyi arkadaşı. Bu nedenle okulun ilk günü Petunya, Frank'in hayatını kurtarmak için kendi kanını ona vermişti. Sonra Johnny, Petunya'ya âşık olduğu için kendi kanını verip onu kurtarmıştı. Aslında bu biraz kafa karıştırıcı. Çünkü bir sürü oğlan Petunya'ya âşık. Petunya, adı gibi çok güzel. Petunya çiçeği gibi tepeden tırnağa mor renkte; çok güzel kokuyor ve uzun, eflatun saçları böceklerin daha çok petunya yapmak için topladıkları tozlu polenlerle kaplı.

Petunya çok garip göründüğü için oğlanların onu güzel bulmasına şaşırabilirsin, ama Tuhaflıklar Okulu'ndaki oğlanların mantıklı bir açıklaması var: Petunya tıpkı petunyaya benziyor,petunyalar güzeldir, öyleyse Petunya da güzel olmalıdır.

Petunya'nın en büyük sorunu Bayan Sivridiş'in sınıfındaki bütün kızların onun güzelliğini kıskanması ve ona iyi davranmamasıydı. Çoğu onunla konuşmuyordu bile. Sürekli saçlarının etrafında vızıldayıp duran böcekler de cabası.

Petunya'nın en iyi arkadaşı Frank, aynı zamanda onun tek arkadaşıydı. Kızlar, adının okunma biçimi yüzünden Frank'e de (Rachel diye okunuyor) iyi davranmıyorlardı. Dolayısıyla Petunya ve Frank bunu tercih ettikleri için değil, zorunluluktan arkadaştılar. Hortlak Oyunları için atlama halatı takımına bile birlikte başvurmuşlardı.

Petunya ve Frank ne zaman canayakın olmaya ve diğer kızlarla konuşmaya çalışsalar, kızlar onlara sırtlarını dönüp gidiyordu. Bu durum Petunya ile Frank'ı üzüyordu, ama en azından birbirlerine sahip oldukları için mutluydular. Bir gün Frank hasta olduğu için okula gelememişti. Petunya da kendi sınıfından bazı kızlarla yemekte aynı masaya oturmaya çalışmıştı; ancak sarı at kuyruklu, titiz bir kız olan Lindsey bağırmıştı: "Iyy! Git buradan, Petunya! Saçlarının etrafında böcekler uçuşuyor. Böcekler iğrençtir!"

Petunya olabildiğince kibar bir şekilde karşılık vermişti: "Ama böcekler sana bir şey yapmaz, söz veriyorum. Onlar yalnızca daha fazla petunya yapmak için saçımdaki polenleri topluyorlar."

"Ne yaptıkları umurumda değil," diye homurdanmıştı Lindsey. "Onları yemeğimizin etrafında görmek istemiyoruz. Değil mi kızlar?"

"Evet!" demişti Stephanie ve Maria bir ağızdan.

Petunya zayıf bir sesle, "Tamam," diye karşılık vermişti ve dönüp boş bir masaya oturmuştu. Oturur oturmaz yanına üç korkunç çocuk gelmişti: Yaban Maymunu Johnny, Zombi Ramon ve Kurt Peter. Onlar Petunya'nın kafasının etrafında uçuşan böcekleri pek iğrenç bulmamıştı, çünkü oğlanlar böcekleri sever. İşin komik tarafı, Petunya henüz on yaşındaydı ve oğlanların iğrenç olduklarını düşünüyordu; onun etrafında vızıldayıp durmalarından hoşlanmıyordu. Yemeğini tek başına yemeyi tercih etse de oğlanların sinir bozucu saçmalıklarına, birbirlerine bezelye atmalarına, durmadan Hortlak Oyunları için basketbol stratejilerini tartışmalarına sessizce katlanmıştı. Petunya'nın saçlarındaki eşekarılarından biri Ramon'a fazla yaklaşınca ve çocuk da onu hızlı zombi refleksleriyle uzaklaştırmaya çalışınca işler çığırından çıktı. Ramon gerçekten çok sert vurduğu için eşekarısı ölüp yere düştü.

Petunya ayağa fırlayıp çığlık attı: "Bunu neden yaptın?"

Ramon afallamıştı. "Özür dilerim. Böceklerinden birini uzaklaştırdığım için mutlu olduğunu sandım."

"Onun tek istediği uçup gitmek ve daha fazla petunya yapmaktı. Ama artık hiç petunya yapamayacak, çünkü sen onu öldürdün!"

"Özür diledim ya!"

Petunya ağlamamak için kendini tutmaya çalışıyordu, ama yapamadı. Yarısı yenmiş yemeğini bıraktı ve hıçkırarak kantinden dışarı fırladı.

Boş bahçeye kadar koştu ve tırmanma demirlerinin olabildiğince yukarısına tırmandı. "Aptal oğlanlar," diye mırıldandı kendi kendine. "Aptal okul."

Sonra uzakta bir şey gördü. Okulun öbür ucunda, okul saatlerinde içeri birilerinin girmesini engelleyen yirmi metre yüksekliğinde bir demir kapı vardı. Kapının hemen dışında başka bir küçük mor kız merakla ona bakıyordu.

Petunya ağlamayı kesti ve hızla okulun öbür ucuna, küçük mor kızın yanına koştu. Oraya vardığında ikisi de hareketsiz durup birkaç dakika boyunca kapının parmaklıkları arasından sessizce birbirlerine baktılar. Kız, Petunya'dan iki yaş küçük görünüyor ve ona çok benziyordu. Tek fark, saçlarının etrafında vızıldayan böceklerin olmamasıydı.

Küçük kızın arkasında, Korkunç Orman denen gür ve karanlık ormanın önünde küçük bir açıklık vardı. O güne kadar Korkunç Orman'dan geçip öbür uçtan sağ çıkan bir insan olmamıştı.

Sonunda küçük kız konuştu; söyledikleri Petunya'nın duymayı beklediği en son şeydi. "Anne?" dedi kız.

Petunya etrafına bakındı. Başka kimse yoktu.

"Hayır, sanmıyorum," diye karşılık verdi. "Benim adım Petunya. Senin adın ne?"

"Ben de Petunya'yım! Sensin işte anne! Biz de seni arıyorduk."

"Biz derken ne demek istiyorsun?" diye sordu Petunya.

Birden ormanın kıyısında bir düzine daha küçük mor kız belirdi. Hepsi "Anne!" diye bağırarak kapıya doğru koştular. Bebek de dahil, her yaştan küçük mor kız vardı. Ama yaşı Petunya'dan daha büyük olan yoktu.

"Gelip bizimle oynar mısın?" diye sordu küçük petunyalar.

"Oynardım," diye karşılık verdi Petunya. "Ama burada kilitli kaldım."

"Sorun değil," dedi Küçük Petunya. Bütün Kkçük petunyalar vızıldamaya başladı. Binlerce arı, eşekarısı ve başka uçan böcekler göründü. Bu böcekler kapının üzerinde uçtu, Petunya'yı giysilerinden tutup kaldırdı ve onu diğer taraftaki parmaklıklara uçurdu.

"Yaşasın!" diye bağırdı Küçük Petunyalar mutlulukla. Petunya'ya sarıldılar; sonra onun elinden tutup olabildiğince hızlı bir şekilde Korkunç Orman'ın derinliklerine doğru koştular.

Sonunda Petunya'nın gördüğü en güzel yer olan küçük bir koruya geldiler. Etrafta morun her tonunda, her boyda petunyalar vardı. Bazıları normal petunya boyutundaydı; bazıları yemek tabağı büyüklüğündeydi. Bazıları da kocaman, neredeyse ağaç kadardı! Korunun içinden ışıldayan, mor bir nehir geçiyordu. Mor balıklar, mor suyun içine dalıp çıkıyorlardı.

Petunya oraya vardığında dev petunyaların arkasından düzinelerce küçük mor kız daha çıktı. Hepsi neşeyle bağrıştılar ve ona sarıldılar: "Anne!" Petunya daha önce hiç bu kadar sevildiğini, kabul gördüğünü ya da bu kadar popüler olduğunu hissetmemişti.

"Bize bir masal anlat, anne!" diye ısrar etti kızlar.

"Tamam," dedi Petunya. Bütün öğleden sonra küçük petunyalara kitaplarda okuduğu masalları anlattı. Kızlar Petunya'ya yemesi için nefis mor yemişler, içmesi için serinletici mor su getirdiler. Petunya, topraktan mor renkte yepyeni bir bebeğin çıktığını bile gördü.

"Demek bu böcekler gerçekten daha fazla Petunya yapmak için uçuyorlar!" dedi Petunya gülerek.

"Elbette!" dedi ilk Küçük Petunya. "Sen Petunya Kraliçesisin. Daha fazla küçük petunya yapabilecek tek kişi sensin. Yani bizim annemizsin!"

"Peki," dedi Petunya, "sizinle tanışmak gerçekten çok güzeldi. Ama artık okula dönmem gerek."

"Bizi bırakıyor musun, anne? Ama neden?" diye sordu Küçük Petunya.

"Çünkü," dedi Petunya, "benim de bir annem var. Kendisi okul çıkışında gelip beni alacaktı. Herhalde meraktan deliye dönmüştür. Ama söz veriyorum, en kısa sürede tekrar ziyaretinize geleceğim."

Petunya, petunya korusundan çıkmaya yeltenince bütün küçük petunyalar ağlama başladılar.

Of ya, diye düşündü Petunya, *büyüyün biraz.*

Petunya yürümeye devam etti. Korunun kıyısına geldiğinde önüne dev bir petunya çıktı ve onun yolunu kesti. Petunya onun etrafından dolaşmaya çalıştı, ama sonra başka dev petunyalar korunun çevresini sardılar ve onu içeri hapsettiler.

"Sen bizim annemizsin," dedi ilk Küçük Petunya. "Gidemezsin."

"Ama ben anneniz olmak istemiyorum," diye karşılık verdi Petunya. "Bu haksızlık!"

"Hayat mor yemişlerden ibaret değil," dedi Küçük Petunya. Eski neşesinden eser yoktu. "Sonsuza

dek bizimle kalmak zorunda olduğunu anlamıyor musun?" Sonra canlı gülümsemesi geri geldi. "Şimdi bize bir masal daha anlat!"

Bütün Küçük Petunyalar bir ağızdan şarkı söyler gibi, "Yeni masal! Yeni masal! Yeni masal!" diye bağrıştılar. Petunya'yı bir petunya yatağının üzerine çektiler, kendileri de yanına zıpladılar.

Petunya ağlamaya başladı. Annesiyle babasını ve sınıf arkadaşlarını bir daha hiç göremeyeceğini düşünüyordu. Ama bu, küçük petunyaların umurunda değildi. O anda Petunya, en popüler kişi olmanın kendisine göre olmadığını anladı. Tek istediği bütün kızların ondan nefret ettiği Tuhaflıklar Okulu'na dönmekti.

Küçük petunyalar onu dürtmeye devam ediyorlardı. Mecburen yeni bir masala başladı. "Bir varmış bir..."

Bum! Dev petunyalardan biri patlayıp ateşten ve dumandan oluşan kocaman bir topa dönüştü. Dumanın arkasından Tuhaflıklar Okulu'nun öğretmenleri çıktı; Müdür Kafaezen, Bayan Sivridiş, Hemşire Tüylüben ve Bay Örümcekgöz de aralarındaydı.

Küçük petunyalar çığlık atarak kaçışmaya başladılar. Ama fazla ileri gidemediler, çünkü petunyalardan oluşan dev duvar onlara engel oldu. Hemşire Tüylüben büyük yangın hortumunu (bu hortum Bay Asitbanyosu'nun kazasından sonra uzatılmıştı) getirip küçük petunyaların üzerine berrak su sıkmaya başladı. Islandıklarında her birinin bacakları sapa, elleri yaprağa, kafası da mor taçyapraklara dönüştü.

Çok geçmeden bütün küçük petunyalar yerden yükselen, sıradan küçük petunyalara dönüştüler.

Petunya, Müdür Kafaezen'e koştu. Müdür Kafaezen de onu güçlü, kocaman elleriyle (nazikçe) kucakladı.

"Nerede olduğumu nereden bildiniz?" diye sordu Petunya.

"Burası çok iyi bir okul, Petunya. Güvenlik kameralarımızın olmadığını mı sandın?" diye karşılık verdi Müdür Kafaezen.

Sonra Petunya'nın annesiyle babası geldi. Petunya onlara daha önce hiç sarılmadığı kadar sıkı sarıldı.

"Kızımızı bulduğunuz için teşekkür ederiz," dediler Petunya'nın annesiyle babası Müdür Kafaezen'e.

"Elbette! En korkunç çocuklarımızdan birinin başına kötü bir şey gelmesine izin vereceğimizi sanmıyordunuz, değil mi?"

Eve dönerken Petunya bir kuaföre uğradı ve saçlarını kısacık kestirdi. Yılın geri kalanı boyunca da şapka taktı.

Ne zaman yanından bir böcek geçse vurup öldürdü onu.

8

Altın fener

1 Ekim günü saat 8.03'te Müdür Kafaezen'in sesi Tuhaflıklar Okulu'nun hoparlöründe yankılandı. "Az önce, Hortlak Oyunlarının nazik başkanı Bay Franz Dietrich Kurtuluması bana sürpriz bir ziyarette bulundu. Geleneksel Hortlak Oyunları fener koşusunun bugün öğleden sonra okulun girişinde başlayacağını söyledi. Öğle yemeğinin ardından herkesin Korkunç Çeşme'de toplanması gerekiyor. Şanslı bir öğrenci orada feneri taşıyarak tek ve biricik Frankenstein'a verecek. Frankenstein, fenerin dünya çapındaki yolculuğunu başlatacak. Ardından fener bu baharda, Hortlak Oyunlarının başlangıcı için buraya geri dönecek. Hepsi bu kadar."

Hoparlör kapanınca Wendy elini kaldırdı. "Bayan Sivridiş, feneri Frankenstein'a verecek öğrenciyi nasıl seçecekler?"

"Ben Kanington İlkokulu'nda küçük bir kızken yani üç yüz on altı yaşındayken kimin bir trolün kanını en hızlı emeceğini görmek için yarışma düzenlemişlerdi. Ama size bunu yapacaklarını sanmıyorum. Trol, siz daha onun yanına yaklaşamadan vurup ezer sizi. Bu haksızlık olur."

Bütün öğrenciler yutkundu.

Öğle yemeğinden sonra herkes okulun ön girişindeki Korkunç Çeşme'ye koştu. Feneri Frankenstein'a kimin vereceğini hâlâ bilmiyorlardı.

Öylesine büyük bir heyecan yaşanıyordu ki, dev kalamar Archie bile üç metrelik gözbebeğini olaya tanık olmak için bulanık hendekten çıkarmıştı.

"Bakın!" diye bağırdı Bay Örümcekgöz, gökyüzünü işaret ederek. Havada Bay Franz Dietrich Kurtuluması, vahşi görünümlü bir canlı taş heykelin sırtında uçuyordu. Elinde altından, yanmayan bir fener tutuyordu. Cin Tepesi'nin üzerinde, yolun karşısında, bir cin orkestrası onun için zafer şarkısı çalmaya çalışıyordu. Ama enstrümanlarının akortları bozuktu ve hiçbiri iyi çalamıyordu. Herkes kulaklarını tıkayıp çok daha güzel bir şeyin çaldığını hayal etmeye çalıştı.

Heykel yere indi ve Bay Kurtuluması onun üzerinden atladı. Öğrenciler onun çökmüş, iskelet gibi yüzüne ve gri takım elbisesine irkilerek baktı. Sonra Bay Kurtuluması Altın Fener'i kaldırdı. Fener güneş ışığında parlayınca kalabalıktakiler alkışlayıp ıslık çaldılar. Heykel, Bay Kurtuluması'nın önünde durup eğildi ve alkışların tadını çıkardı. Bay Kurtuluması heykelin kafasına Altın Fener ile vurdu.

"Ayyy!" diye bağırdı heykel.

"Işığı kesme, pis heykel!" diye kükredi Bay Kurtuluması. "Tüneğine geri dön!"

Taş heykel yere çöküp mırıldandı: "Hayatımdan nefret ediyorum." Sonra Dehşet Çadırı'nın tepesindeki tüneğine döndü.

"İyi günler, Tuhaflıklar Okulu'nun öğrencileri. Ben Franz Dietrich Krutuluması; bu yılki Hortlak Oyunlarının başkanıyım."

Bay Kurtuluması daha fazla tezahürat bekler gibi durdu, ama kimse el çırpmadı. Çünkü artık bunu yapmaktan sıkılmışlardı.

Kurtuluması devam etti. "Evet, neler olacağını açıklamak gerekirse, Altın Fener yakıldığında şanslı bir öğrenci bunu bahçenin öbür ucuna götürüp özel konuğumuza yani tek... ve biricik Frank N. Stein'a verecek.

O sırada çörek şeklinde bir araba caddeden aşağı inip yan tarafta durdu. Kapı açıldı, içinden baştan aşağı düğmeli bir gömlek ve yüksek bel pantolon giymiş kısa boylu bir adam indi. Adamın dolabında eşofmana en yakın kıyafet buydu. Tıknaz, orta yaşlı bir adamdı bu. Kalın camlı gözlükleri

Frank N. Stein

ve lüle lüle kahverengi saçların bulunduğu kelleşmekte olan bir kafası vardı.

"Merhaba çocuklar!" dedi adam. "Adım Frank N. Stein. Kasabanın diğer tarafındaki Frank N. Stein'ın Çörek Dükkanı'nın sahibiyim. Herhalde orayı hiç görmemişsinizdir. Terk edilmiş bir benzincinin yanında çok kötü bir yerde." Öğrenciler heyecanlanmaya ve homurdanmaya başlamışlardı.

"Hey!" diye bağırdı Ramon. "Frankenstein nerede? Ben canavar Frankenstein'ı göreceğimizi sanmıştım!"

"Ne akıllı çocuk!" dedi Frank N. Stein. "Ama eğer Mary Shelley'in yazdığı Frankenstein kitabını gerçekten okumuş olsaydın Frankenstein'ın canavarın adı değil, canavarın yaratıcısı Dr. Frankenstein'ın adı olduğunu bilirdin. Canavardan yalnızca "canavar" olarak söz edilir; Mary Shelley isimler konusunda pek iyi değilmiş."

"Hadi yaaa!" diye homurdandı çocuklar hayal kırıklığı içinde. Gerçek Frankenstein canavarını göremeyeceklerini anlamışlardı.

"Ama," diye devam etti Frank N. Stein, "size iyi bir haberim var. Orijinal Dr. Frankenstein benim uzaktan bir akrabam. Bana patentli bir Frankenstein canavarı yapmak konusunda gizli talimatlar bıraktı. Ben de geçen hafta sonunu mezar kazarak, eski vücut parçalarını birbirine dikerek ve bir doğa düşmanını hayata döndürerek geçirdim. İşe yaradı biliyor musunuz! Sadece sizin için patentli bir Frankenstein canavarı yaptım! Adını da Murray koydum!"

Bütün öğrenciler el çırptı. "Yuppi! Nerede peki?"

"Nerede mi? Ne güzel soru! Kim bilir? Hayata döner dönmez bacaklarımın arasına bir tekme attı ve kaçıp gitti. Şimdi civardaki köylerin arasında dolaştığına ve her tarafa zarar verdiğine bahse girerim."

Bay Kurtuluması araya girdi. "Harika, değil mi çocuklar? Normalde feneri muhteşem Frank N. Stein' a kimin vereceğini belirlemek için her öğrenciden bir trolle ölümüne savaşmasını isterdik. Ama ne yazık ki siz insanlar çok güçsüz olduğunuz için bu adil bir mücadele olmaz. Bu nedenle biz de en yüksek notlara sahip olan öğrenciyi seçtik. Bu öğrenci…"

Cin Tepesi'nin üzerinde bir cin davul çaldı.

"Cindy Chan. Tebrikler."

Herkes susmuştu. Yalnızca Charles Yengelen alkışlayıp tezahürat yaptı. Okulda başka hiç kimse Cindy Chan'in kim olduğunu bilmiyordu. Cindy'nin sınıfında, Charles dışında bütün öğrenciler Dr. Ejdernefesi tarafından yenmişti. Cindy de Dr. Ejdernefesi'nin Üç Numaralı Kuralı'nı ihlal etme korkusuyla okulda başka kimseye bakmaya asla cesaret edememişti.

Cindy Chan bir adım öne çıkıp Bay Kurtulumasi'ndan Altın Fener'i alırken hafifçe gülümsemeyi başardı.

"Feneri gökyüzüne doğru kaldır, Cindy," diye fısıldadı Kurtuluması.

Cindy bunu yaparken Dr. Ejdernefesi kalabalığın üzerine çöktü, bahçeye doğru ağzından koca bir alev püskürttü ve Altın Fener'i resmen yakmış oldu.

Herkes el çırptı.

"Şimdi Cindy," diye fısıldadı Kurtuluması, "feneri Frank N. Stein' a götür de şu işi bitirelim."

"Tamam efendim," dedi Cindy. "Eyimden geyeni yapavım." Cindy dikkatle yürümeye başladı; ayağının bir yere takılmasını ve feneri düşürerek bu anı mahvetmeyi istemiyordu.

O sırada yer titremeye başladı.

Uzaklardan bir gürültü geliyor ve ses giderek yükseliyordu. Herkes korkmaya ve endişeyle etrafına bakınmaya başlamıştı. Çok geçmeden gürültü iyice yaklaşınca sesin kaynağı ortaya çıktı.

Bir insan kalabalığıydı bu. Ellerinde fenerleri ve tırmıkları havaya kaldırıp bağırıyorlardı. "Canavarı öldürün! Canavarı öldürün!"

Kalabalığın önünde Frank N.

Stein'ın canavarı var gücüyle koşuyordu. Farklı boylarda iki bacağı, çürümüş bir gövdesi ve kontrol edemediği kolları olmasına karşın hızlı hareket edebilmek için elinden geleni yapıyordu. Kollar durmadan havada sallanıyor ve canavarın yüzüne çarpıyordu.

Cindy, canavar onun yanından geçtiğinde Frank N. Stein'a yalnızca birkaç metre uzaklıktaydı.

Canavar kulağına doğru bir şey tutuyordu ve peşinden de hâlâ, "Canavarı öldürün!" diye bağıran öfkeli kalabalık geliyordu.

Frank N. Stein kalabalığın önüne geçti ve herkesi durdurdu.

"Kesin şunu!" dedi. "Bu benim canavarım. Onu ben yaptım. Bu patırtı da neyin nesi?"

"Çok çirkin!" diye bağırdı bir köylü.

"Tamam, bir jöleli çörek kadar güzel olmayabilir, ama çirkin olmak suç mu?"

"Evet!" diye bağırdı Lindsey.

"Pöh! Öyleyse benim asırlar önce hapsedilmem gerekirdi!" diye karşılık verdi Frank N. Stein kahkahalar arasında.

Başka bir köylü atıldı. "Nasıl olduysa eline bir cep telefonu geçirmiş, sinemalarımıza giriyor ve film boyunca konuşuyor!"

"Bu doğru mu, Murray?" diye sordu Frank N. Stein.

Canavar cevap vermedi, çünkü cep telefonuyla konuşmakla meşguldü.

"Tamam," dedi Frank N. Stein. "Bu büyük bir kabalık. Durmayın, öldürün onu, bir dahaki sefere daha kibar ve iyi huylu bir canavar yapacağım. "

Frank N. Stein yoldan çekildi ve kovalamaca devam etti. Canavar yine var gücüyle koşuyordu (bir yandan da cep telefonuyla konuşmaya devam ediyordu), öfkeli köylüler ise onu kovalıyordu.

Ne yazık ki feneri olmayan köylülerden biri koşarken Cşndy'nin elindeki Altın Fener'i kaptı. O kargaşada kalabalık iyice uzaklaşana kadar hiç kimse Altın Fener'in Cindy'nin elinde olmadığını fark etmedi.

"Altın Fener nereye gitti?" diye bağırdı Bay Kurtuluması öfkeyle.

"Biv... biv köyyü aydı," diye ciyakladı Cindy. "Çok özüv diyevim."

"Aman ne güzel!" dedi Kurtuluması. "Siz insanlar durmadan her şeyi mahvediyorsunuz! Ben ise sizin için iyi bir şey yapmaya çalışıyorum! Buraya kadar. Bu yıl fener koşusu falan olmayacak."

"Yaaaa," diye sızlandı kalabalıktakiler.

"Hiç sızlanmayın! Benim acıma gibi insani duygularım yok. Olay bitmiştir! Gereksiz insanlar; bu, büyük olasılıkla baharda Hortlak Oyunlarının başlamasından önce beni son görüşünüz olacak. Dünyanın her yerindeki canavarlar bu yıl Altın Fener koşusu olmayacağı için çok üzülecekler. Öfkelerini Hortlak Oyunları boyunca size yansıtacaklarından da şüphem yok. Bu nedenle unutmayın, ne kadar antrenman yaparsanız yapın diğer okullardan gelen canavarları yenme şansınız olmayacak. Kaybettiğinizde de onlar sizi yiyecekler. Son günlerinizin tadını çıkarmanızı öneririm."

Taş heykel Jerry, Bay Kurtuluması'nın yanına uçtu, Bay Kurtuluması da onun sırtına tırmandı. İkisi, veda bile etmeden gökyüzüne yükseldiler.

Frank N. Stein hâlâ orada dikiliyor ve oldukça üzgün görünüyordu. "Of, sanırım bütün yıl boşuna çalışmışım. En iyisi şimdi eve gidip kedimi besleyeyim. Dörde kadar karnı doymazsa her tarafa işiyor. Alın, bunlar çörek dükkanımın broşürleri. Bir ara uğrarsınız."

Bütün öğrenciler birer broşür alıp okudular: "FRANK N. STEİN'İN ÇÖREK DÜKKANI: AĞZINIZA LAYIK, NEFİS ÇÖREKLER VE DOĞANIN YARATTIĞI İĞRENÇ YARATIKLAR. HER GÜN TAPTAZE."

Bay Kurtuluması, canlı taş heykelin üzerinde uçup giderken ve Bay Frank N. Stein'ın çörek arabası uzaklaşırken öğrenciler sınıflarına döndüler. Bu arada cin orkestrası bir katran çukurunda boğulan fil sürüsünün seslerini andıran berbat bir şarkı çalıyordu.

Frank (Frank N. Stein değil; "Rachel" diye okunan) Petunya'ya baktı. "Belki de Hortlak Oyunlarında canavar tarafından yenmek o kadar da kötü olmaz; böylece bu tür sahneleri bir daha görmek zorunda kalmam."

9

Korkunç Bay Kaplumbağaşekerlemesi

Önce şunu netleştirelim: Buradaki "şekerleme" bir tatlı türü değil, "kısa uyku" anlamına geliyor. İkincisi, kendisi bir kaplumbağa değil dev bir kara tosbağası; bunu sakın unutma. Arada büyük bir fark var. Bir kere, kaplumbağaların aksine tosbağalar tamamen suyun üzerinde yaşarlar ve yalnızca temizlenmek ya da su içmek için suya girerler. Hatta derin bir suda ya da dalgada boğulabilirler. Kaplumbağalar ise suya bayılırlar.

Geçen yıl bir ilkbahar sabahı, Bay Kaplumbağaşekerlemesi Tuhaflıklar Okulu'nda öğretmen olabilmek için Müdür Kafaezen ile görüşmek zorunda kaldı.

Bay
Kaplumbağaşekerlemesi

Randevuya on beş dakika geç geldi ve ağır ağır sürünerek müdürün odasına girdi. Büyük bir çaba harcayarak arka bacaklarının üzerinde doğruldu ve bir iskemleye çöktü.

"Geç kaldınız," dedi Müdür Kafaezen.

Bay Kaplumbağaşekerlemesi eski bir bilgeliği yansıtan yumuşak sesiyle karşılık verdi. "Özür dilerim, ama kaygan bir zeminde saatte bir kilometre hızla kolaysa siz geç kalmayın."

"Normalde bu kadar geç kalan bir öğretmenin kafasını ezerdim," dedi Müdür Kafaezen, ellerini kaldırıp dev yumruklarıyla ezme hareketi yaparak.

"Bunu aklımda tutarım," diye karşılık verdi Bay Kaplumbağaşekerlemesi.

"Tuhaflıklar Okulu'na gelmenizin nedeni nedir, Bay Kaplumbağaşekerlemesi?"

"Hayvan Okulu'ndan kovuldum."

"Neden?"

"Çok geç kaldığım için."

"Bunun burada çalışırken olmayacağı ne malum?"

"Tuhaflıklar Okulu evime çok daha yakın. Caddenin hemen karşısında oturuyorum."

"Caddenin karşısında mı? Ama caddenin karşısında hiç ev yok ki."

"Biliyorum. Cin Tepesi'nin tepesinde oturuyorum ve zamanımın çoğunu güzel, sıcak ve düz bir kayanın üzerinde yatarak geçiriyorum. Ah, o kayaya bayılıyorum."

"Kulağa mantıklı geliyor. Ancak şunu söyleyeyim, Fen öğretmenimiz Bay Asitbanyosu'nun ders sırasında kötü bir Korku Gazı kazası geçirdiğini duymuşsunuzdur belki. Şimdi iyileşmeye çalışıyor. Biz de önümüzdeki elli yıl için onun yerini dolduracak birini arıyoruz."

"Kaplumbağa-rika," dedi Bay Kaplumbağaşekerlemesi kıkırdayarak.

Espriyi anlamayan Müdür Kafaezen devam etti. "Fen dersi vermek için gerekli özelliklere sahip misiniz?" diye sordu.

"Neredeyse bütün hayatım boyunca Galapagos Adalarında yaşadım. Yetmiş beş yaşında genç bir kaplumbağayken Darwin adında bir bilim adamı geldi ve bir süre bizimle yaşadı. Onunla arkadaş olduk. Ölmeden önce fen konusundaki bütün kitaplarını bana bıraktı. Biraz yavaş okuyan biri olmama rağmen sonraki altmış yılı bütün kitapları okuyarak geçirdim. Bir kitabı okumayı bitirdiğimde onu hemen yiyiyordum, böylece anlattığı her şeyi iyice sindirdiğimden emin oluyordum."

"Çok etkileyici. Fen konusundaki uzmanlığınızdan kuşkum yok, ama bu okula uyum sağlayabileceğinizden emin değilim."

"Neden olmasın?"

"Sizin Hayvan Okulu'na son derece uygun olduğunuzu düşünüyorum. Ancak bir kaplumbağanın ne gibi bir korkunçluğu olabilir, bilmiyorum."

"Tosbağa," diye düzeltti Bay Kaplumbağaşekerlemesi. "Sakın unutmayın."

"Her ne iseniz çok kibar, ağır ve garip bir şekilde sevimli görünüyorsunuz."

"Yani burada ders verebilmek için daha korkunç olmam gerektiğini mi söylüyorsunuz?"

"Evet. Araştırmalar çocukların ne kadar çok korkarlarsa o kadar iyi öğrendiklerini gösteriyor. Ders çalışmak için, bir soruya yanlış cevap vermeniz halinde öğretmeninizin kollarınızı koparacağını bilmekten daha iyi bir motivasyon olabilir mi? Veliler çocuklarının buraya gelmesi ve ödlerinin patlaması için iyi para ödüyorlar. Zaman zaman öğrencilerimizden birini kaybettiğimiz oluyor; ama arkadaşınızın size muhtemelen öğrettiği gibi, en iyi olan hayatta kalıyor."

"Bunu bana o öğretmedi, ben ona öğrettim."

"Her neyse, sizin buraya uygun olduğunuzu düşünmüyorum," dedi Müdür Kafaezen.

"Hımmm..." Bay Kaplumbağaşekerlemesi başını eğdi ve bodur ayağıyla kafasını kaşıdı; sonra birden sıçrayıp bağırdı: "Böö!"

Müdür Kafaezen irkilmemişti bile.

"Tamam, sanırım haklısınız," diye mırıldandı Bay Kaplumbağaşekerlemesi. Kollarıyla bacaklarını çabucak kabuğuna çekti ve güm diye yere indi. Ardından kollarıyla bacaklarını tekrar çıkardı ve kapıya doğru ağır ağır süründü.

Sonra birden aklına bir şey gelmiş gibi durdu, kafasını bükerek soru işareti haline getirdi ve Müdür Kafaezen'e baktı.

"Bir şey soracağım," dedi. "Sizce milyonlarca canlının ölümü korkunç mu?"

"Evet, elbette," diye karşılık verdi Müdür Kafaezen.

"Ya sizi içeriden canlı canlı yiyen küçük, gözle görülmeyen organizmalar?"

"Bu da çok korkunç."

"Ya denizdeki bütün balıkların ve güzel yaratıkların birden yok olması?"

"Kesin şunu. Beni gerçekten korkutmaya başladınız."

Bay Kaplumbağaşekerlemesi gülümsedi. "Bütün bu söylediklerim bilimin gerçekleri. Bilim, iklim değişiminin kutuplardaki buzların erimesine neden olduğunu gösteriyor. Bu da milyonlarca canlının sel baskınlarında, hortumlarda vce kuraklıkta ölmesine yol açacak. Bilim aynı zamanda bütün küçük bakterilerle virüslerin güçlendiğini ve hızlı evrildiğini, bunları tedavi edemeyecek duruma geleceğimizi ortaya koyuyor. Okyanuslara boşalttığımız zehirli atıklar bütün mercan kayalarını ve çok sevdiğimiz denizdeki yaşamı mahvediyor. Yani benim korkunç olmamam, sınıfta öğreteceklerimin

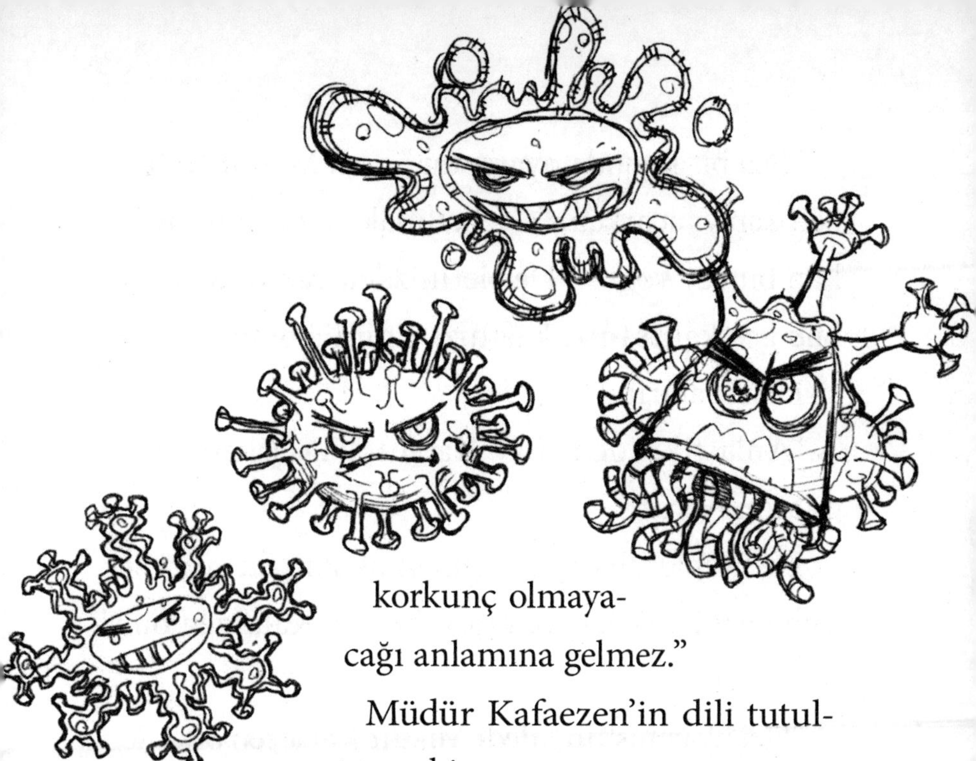

korkunç olmaya-
cağı anlamına gelmez."

Müdür Kafaezen'in dili tutulmuştu sanki.

Bay Kaplumbağaşekerlemesi başını çevirdi ve yeniden sürünmeye başladı.

"Durun!" diye bağırdı Müdür Kafaezen. "Umarım pişman olmam, ama işe alındınız."

"Teşekkür ederim," dedi Bay Kaplumbağaşekerlemesi. "Çocukların vampirlerden, kurtadamlardan ve diğer yaratıklardan değil de asıl dünyada meydana gelen değişikliklerden korkmaları gerektiğine inanmışımdır hep."

"Sizi bir konuda uyarayım," dedi Müdür Kafaezen kapıyı açarken. "Geç kalmak kadar canımı sıkan bir şey yoktur. Derslerinizden yalnızca birine bile geç kalırsanız, kafanızı üzüm gibi ezerim ve sizi işten atarım!"

"Anlaştık," dedi Bay Kaplumbağaşekerlemesi gülümseyerek.

Bay Kaplumbağaşekerlemesi okulun ilk günü sınıfa yirmi dakika geç girdi. Müdür Kafaezen onu bekliyordu.

"Sizi uyarmıştım," dedi Müdür Kafaezen öfkeyle. "Şimdi cezanızı çekeceksiniz!"

Bay Kaplumbağaşekerlemesi'nin kafasını ezmek için uzandı, ama yumruğunu açtığında orada bir şey olmadığını gördü. Yapış yapış bir kafa olması gerekirdi aslında. Bay Kaplumbağaşekerlemesi'nin, kafasını kabuğunun içine çektiğini fark etti.

"Kovuldunuz!" diye bağırdı kabuğun içine doğru.

"Sanmıyorum!" diye yankılandı Bay Kaplumbağaşekerlemesi'nin sesi. "Önce kafamı ezeceğinizi, sonra beni kovacağınızı söylemiştiniz. Bu nedenle siz kafamı ezene kadar burada çalışmaya devam ediyorum demektir."

"Sanırım haklısınız. Çok şanslısınız."

"Etrafımda sizin gibi manyaklarla iki yüz elli yıl yaşamama şans mı diyorsunuz? Bence bu en iyi olanın hayatta kalmasıdır, hanımefendi. En iyi olanın hayatta kalması!"

10

En Güzel Öğle Yemeği

Tuhaflıklar Okulu'nda öğle yemeğinin kurtçuklar, böcekler, bağırsaklar gibi garip şeylerden oluşan garip bir açıkbüfe şeklinde olduğunu düşünüyor olabilirsin.

Eğer böyle düşünüyorsan, yanılıyorsun. Hatta daha fazla yanılamazdın.

Tuhaflıklar Okulu'nda öğle yemeği şahanedir. Yani, saçma bir şekilde güzeldir. Nedenini tahmin edebiliyor musun? Haydi, düşün bakalım, ben de zihnini okuyayım.

Hayır. O değil. En iyisi ben söyleyeyim, yoksa bütün gün burada kalacağız. Bunun nedeni şu: Tuhaflıklar Okulu'nda her öğle yemeği, bir öğrencinin yediği son yemek olabilir. Son yemeğin olarak neleri tercih edeceğini bir düşün. Tuhaflıklar Okulu'nda öğle yemeği o kadar güzeldir işte.

Okulda öğle yemeği zili çalmaz. Tam öğle saatinde Bayan T. yani mavi elbise giyen T. reks acıkır ve yeri göğü inletecek şekilde kükrer. Kilometrelerce ötedekiler bile kulaklarını tıkamak zorunda kalırlar. Bayan T. o anda ya ceza odasında bulunan bir öğrenciyi yer ya da Korkunç Orman'da ava çıkar. Bunu daha sonra anlatacağız.

Okul yılının başlamasından iki ay sonra, etrafta yavaş yavaş sonbaharın etkileri görülmeye başlamıştı. Turuncunun ve kırmızının farklı tonlarına bürünen ağaçlar herkese Cadılar Bayramı'nın hızla yaklaşmakta olduğunu hatırlatıyordu. O gün, Bayan T.' nin öğle yemeği kükremesinden hemen sonra bütün sınıflar yemek kuyruğuna girdiler ve kendilerine zombi garsonlar tarafından yer gösterilmesini beklemeye koyuldular. Yenilenen yemekhane henüz açılmıştı ve görebileceğiniz en şık restoranlardan birini andırıyordu.

Tavan en az on metre yüksekliğindeydi ve her sınıfın masasının üzerinde mumlarla aydınatılmış dev bir avize asılıydı. Hortlak Oyunları için okulun birlik ve beraberliğini geliştirmek amacıyla artık her sınıf kendine ait büyük bir masada oturuyordu. Üçten altıya kadar her sınıfta otuzar öğrenciden oluşan iki şube vardı. Dolayısıyla yemekhanede her birinde otuz öğrencinin oturduğu sekiz yuvarlak masa bulunuyordu.

Bütün iskemleleri dolu olan tek masa Bayan Sivridiş'in masasıydı. Diğer masaların hepsinde ruhunu erken teslim

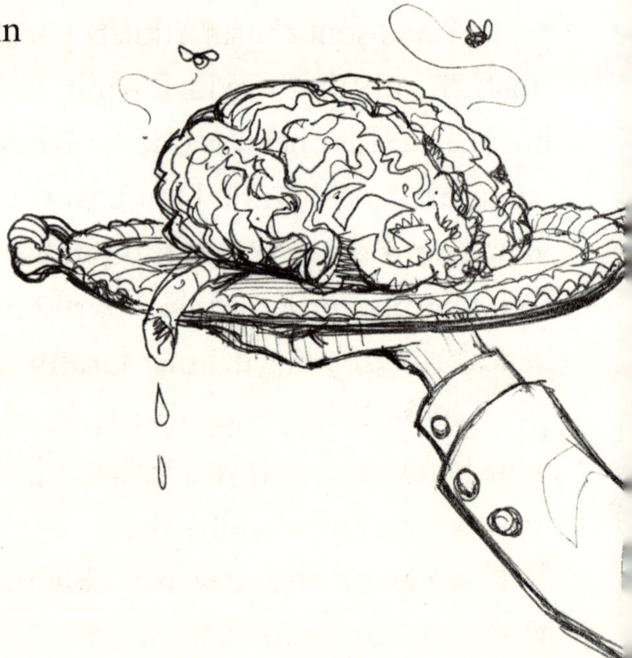

etmiş öğrenciler nedeniyle en az iki ya da üç sandalye boştu. Dr. Ejdernefesi'nin masasında yalnızca zavallı Charles Yengelen ve Cindy Chan oturuyordu.

Herkes yerine yerleşince zombi garsonlar bütün öğrencilere mönülerini uzattılar.

"Bugünün özel yemeği olarak," diye mırıldandı zombi garsonlar, "beyin tavsiye ediyoruz. Beyiiiiinnnnn!" Mönüde adaçayı ve limon soslu köpekbalığı beyni mantısı adında bir yemek vardı. Oğlanların çoğu bundan sipariş etti. Üç Rachel zeytinyağlı, zencefilli, somon fümeyle yaseminli pilav istediler. Lindsey ıstakozun yanında patates püresi , soya fasulyesi ve tarhun siparişi verdi. Vampir çocuk Benny Porter ise kanlı sosis ve elma tercih etti. Zombi garsonlar mutfağa koşup bütün siparişleri aşçıya ilettiler. Aşçının yüzlerce çocuk için bütün yemekleri hazırlamak üzere yirmi dakikası vardı; böylece çocuklar bir saat içinde yemeklerini yiyebilecek, oyun oynayabilecek ve sınıflarına dönebileceklerdi. Ayrıca aşçı her şeyi taze olabilecek şekilde ayarlamıştı. Hiçbir şey soğuk ya da bayat değildi. Aşçı bütün bunları nasıl başarıyordu diye soruyorsun değil mi? Çünkü aşçı, Sue adında dev bir ahtapottu.

Sue'nin sekiz uzun kolundan her birinde tencere, tava, spatula, mikser, bıçak, kâse, süzgeç ya da ölçek vardı. İşin en şaşırtıcı tarafı Sue'nin bütün

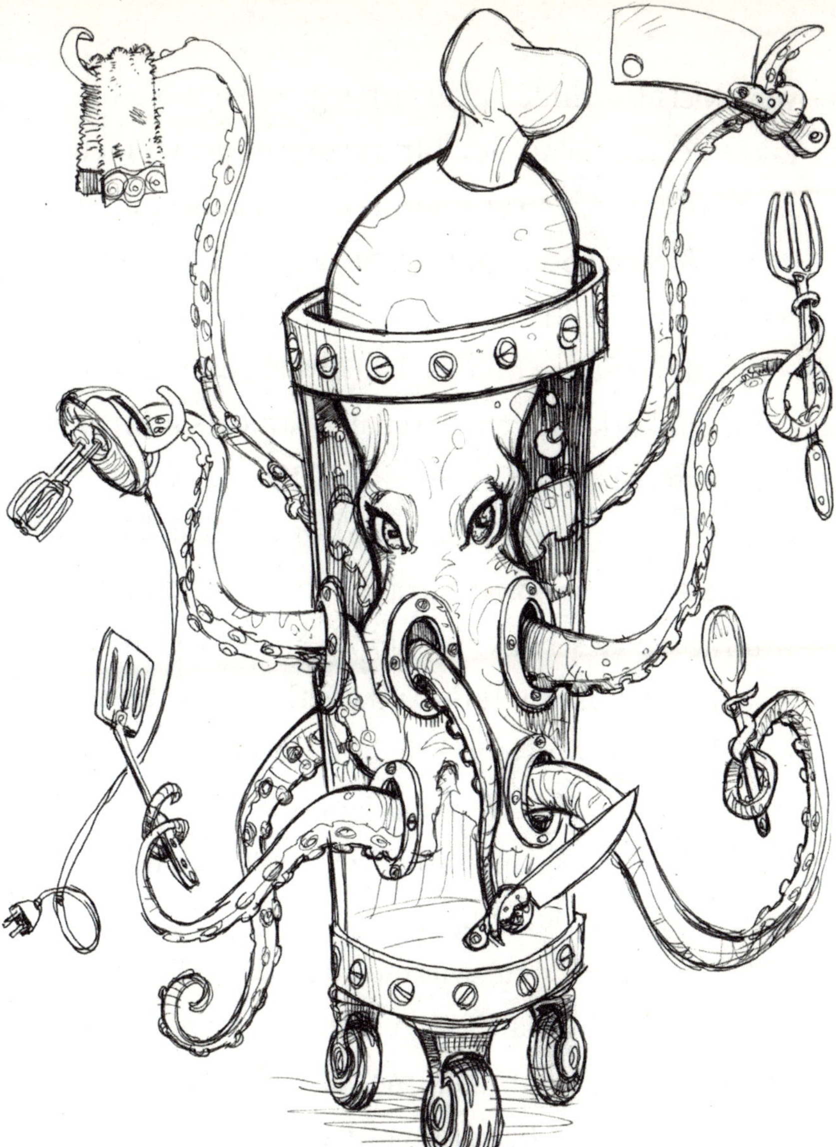

Muhteşem aşçı,
Sue

yemekleri üzerinde kollarının sığabileceği büyüklükte delikler olan dev bir akvaryumun içinden yapmasıydı. Akvaryumun altında tekerlekler de vardı. Böylece Sue, gitmesi gereken her yere hızlıca gidebiliyordu.

Çocuklar Sue'ye Müthiş Aşçı diyorlardı. Sue dünyanın en korkunç ve iyi aşçılarından ders almıştı. Bunların arasında Kurtaşçı Puck, Yarasa Mario ve Korkunç Danko da vardı. Sue'nin felsefesi, "Taze yiyecekler taze beyinler yaratır" idi. Kullandığı bütün meyve ve sebzeler tepenin hemen aşağısında, Tuhaflıklar Okulu Tarlası'nda yetişiyordu. Bütün balıklar Gremlin Nehri'nde taze tutuluyordu. Bütün etler, Tuhaflıklar Okulu öğretmenleri tarafından avlanıp yakalanıyordu. Her şey yerel, mevsimine uygun ve lezzetliydi.

Öğrencilerin çoğu, evlerinde tabaklarındaki sebzelere el sürmüyorlardı, ama Tuhaflıklar Okulu'nda sebzeler öylesine mükemmel pişiriliyordu ki çocuklar bunları şeker gibi yutuyordu. Köpekbalığı beyni mantısı geldiğinde oğlanlar tadı garip olmadığı için hayal kırıklığına uğradılar. Beyin çok yumuşaktı ve hafif bir tadı vardı; mantar yemekten farksızdı. Ama en güzel kısım tatlıydı.

O gün herkes tabağını silip süpürdükten ve bütün sebzeleri yedikten sonra zombiler herkesin gördüğü en büyük bal kabağını ortaya getirdiler. Kabak o kadar büyüktü ki içine Bayan Sivridiş'in sınıfındaki bütün öğrenciler sığabilirdi. Çocuklar bunu gördüğünde yemekhane alkışlarla çınladı.

Müthiş Aşçı Sue yemekhaneye girdi. Akvaryumun içinde mikrofonu eline alıp konuştu: "Sonbahar ile balkabağı sezonu açıldı, biz de özel bir Tuhaflıklar Okulu sihiri kullanarak tarihin en büyük bal kabağını yetiştirdik! Yemeğinizi avlama fikrine alışkın olduğunuzu biliyoruz, ama daha önce tatlınızı avlamak zorunda kaldınız mı hiç?"

Herkes başını iki yana salladı ve birbirlerine heyecanla baktı.

"Öyleyse," diye devam etti Sue, "bu sizin için bir fırsat. Jason, bu görevi üstlenir misin?"

Jason balkabağının en tepesine tırmandı. Testeresini kullanarak tepede büyük bir delik açtı. Jason'dan daha sonra ayrıntılı olarak söz edeceğiz.

Birden yüzlerce gülen küçük balkabağı dev kabağın içinden fırladı ve yemekhanenin her yerinde zıplamaya başladı.

"Tatlınıza kavuşmak için bir bal kabağı yakalayın!" diye bağırdı Sue.

Tuhaflıklar Okulu'nun bütün öğrencileri yerlerinden fırlayıp, zıplayan kabakları yakalamak için koşmaya başladılar. Kabaklar her tarafta çılgın toplar gibi zıplıyor ve o bildik gülümsemeleriyle kahkahalar atıyorlardı. Çok kaygandılar ve tutulmaları imkânsızdı. Çocukların biri onları eline aldığında bir saniye bile geçmeden elinden kayıveriyorlardı.

"Hadi!" diye bağırdı Sue. "Gücünüz ve çevikliğiniz Hortlak Oyunlarında karşılaştığınız bütün canavarlara karşı yeterli olmayacak. Kazanmak için beyninizi de kullanmanız gerekecek!"

Öğle tatilinin geri kalanı boyunca, hiç kimse kabakları nasıl yakalayacağını bilemedi. O kadar kaygandılar ki. Sonra Charles Yengelen'in aklına bir fikir geldi.

Charles büyük boş masadaki iskemlesine dönüp oturdu. Biraz sonra zıplayan bir balkabağı onun kucağına kondu. Charles kabağı tutmaya ya da yakalamaya çalışmadı. Sadece ona bakmakla yetindi. Charles saçlarının dağılıp dağılmadığını kontrol etmek için kafasını yoklarken kabak da ona bakıyordu.

"Beni yakalamaya çalışmayacak mısın?" diye sordu balkabağı.

"Hayır," dedi Charles. "Hayattaki bütün amacının yenmek olduğunu biliyorum ve ben de seni

beslenmek için yemek istiyorum. Birbirimize yardım ettiğimize göre en azından ne zaman yeneceğini senin belirlemene izin verebilirim."

"Teşekkür ederim," dedi balkabağı. "Bence şimdi gayet uygun."

Balkabağı, Charles için tepesini çıkarttı ve içinden pürüzsüz, kaymak gibi balkabağı özü çıktı. Charles yemeye başlayınca bunun hayatında yediği en lezzetli şey olduğunu düşündü.

Biraz sonra herkes Charles'ın balkabağını yediğini fark etti. "Bakın! Yeni gelen çocuk bir balkabağı yakalamış! Nasıl yaptın?"

Charles herkese nasıl balkabağı yakalayacaklarını anlattı. Çocuklar yerlerine koşup balkabaklarının onlara gelmesini beklediler. Çok geçmeden hepsi nefis balkabaklarının tadını çıkarıyordu ve Charles okulun kahramanı olmuştu.

O öğle yemeğinden sonra herkes Charles'a "yeni gelen" yerine Charles demeye başladı. Charles, herkesin onu birdenbire soyadı yerine adıyla çağırmaya başlamasının garip olduğunu düşündüyse de bunun Kürdan olarak çağırılmaktan iyi olduğuna karar verdi.

11

Canavar Matematiği

Öğle yemeğinden bir saat sonra Bayan Sivridiş sınıfa," Bugün size özel bir sürprizim var," dedi.

Kimse el çırpmadı, çünkü Tuhaflıklar Okulu'ndaki öğrenciler sürprizleri sevmezdi. Örneğin, ben hayattayken, havanın güzel olduğu bir gün arkadaşım Tim ile öğle yemeğimizi dışarıda yemeye karar vermiştik. Bir banka oturduk, ama o sırada bir Dehşet Çadırı taş heykeli üzerimize çullandı ve Tim'in elindeki biftekli sandviçi kapıverdi. Tim, sandviçini geri alabilmek için heykeli kovaladı ama Dehşet Çadırı'na fazla yaklaşınca başka bir taş heykel tarafından yakalandı ve kendisi öğle yemeği için biftek oldu.

Tim, bir taş heykelin öğle yemeği olmasına çok şaşırmıştı. Canlı taş heykeller de böylesine harika bir yemek buldukları için şaşkınlardı. Ben pek şaşırmamıştım, çünkü Tim pek akıllı değildi. Neyse, Bayan Sivrdiş'in dersine dönelim.

"Sürprize hazır mısınız, çocuklar?" diye sordu Bayan Sivridiş.

Herkes arkasına yaslandı ve başlarını iki yana salladı.

"Çok kötü. İşte!"

Sınıftan içeri, çocukların hayatlarında gördükleri en garip canavar girdi. Kocaman ve yuvarlaktı; pembe tüylerle kaplıydı ve büyük ıstakoz kıskaçları vardı. Bir aslanın kafasına ve bir vatozun kuyruğuna sahipti. Ayrıca Lindsey'nin, Stephanie'nin ve Maria'nın fark edip çok beğendiği sevimli, ışıltılı bir çantası vardı.

"Çocuklar, Bayan Sivripopo ile tanışın. Hortlak Oyunları şerefine bir öğretmen değişimi programı var. Bayan Sivripopo da her cuma buraya gelip size Canavar Matematiği dersi verecek."

"Merhabaaaa," dedi Bayan Sivripopo. Sesi komik ve şarkı söyler gibiydi. "İnsan çocuklara kendi türüme özgü matematik sisteminin harikalarını öğreteceğim için çooook heyecanlıyım. Avo-alo!"

Sınıftakiler boş gözlerle bakıyorlardı.

"Avo-alo güveni anlatan bir canavar ifadesidir," diye açıkladı Bayan Sivridiş. "Bir canavar bunu söylediğinde, sizin de aynı şekilde tekrar etmeniz gerekir. Yoksa büyük bir hakaret sayılır ve savaşmak zorunda kalırsınız."

"Avo-alo!" diye bağırdı sınıftakiler. Bayan Sivripopo o kadar mutlu oldu ki ters takla attı.

"Adım Sivripopo, Pispopo değil. Eğer birinizin bana Pispopo dediğini duyacak olursam, o kişi kollarına veda etmek zorunda kalır," diye uyarıda bulundu Bayan Sivripopo. "Bu durumda poponuzu silemeyeceğinize göre, asıl Pispopo kimmiş görürüz, değil mi?"

Sınıftakiler güldüler. Bunun üzerine Bayan Sivripopo yine çok mutlu oldu ve bir ters takla daha attı.

1+1=1,
Bayan
Sivripopo

Sonra devam devam etti. "Şimdi, ciddi konuları bitirdiğimize göre bunları bir kenara bırakalım ve eğlenmeye başlayıp biraz Canavar Matematiği yapalım!"

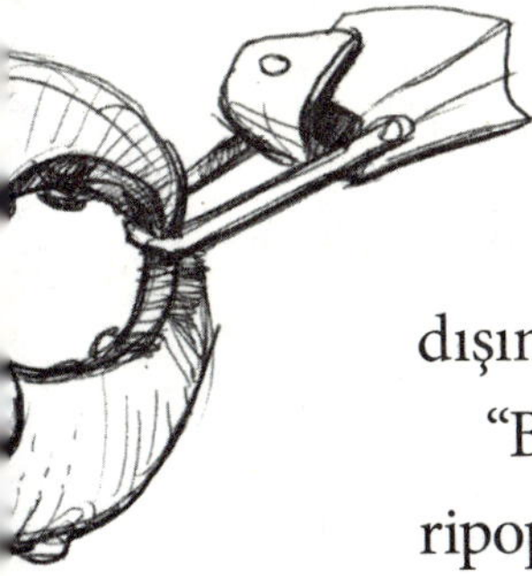

Sınıftakiler homurdandılar. Johnny dışında kimse matematiği sevmezdi.

"Biliyorum, biliyorum," dedi Bayan Sivripopo. "Matematik sıkıcııı. Ama bence Canavar Matematiği'nin çok farklı olduğunu göreceksiniz. İlk problem için bir gönüllüye ihtiyacım var."

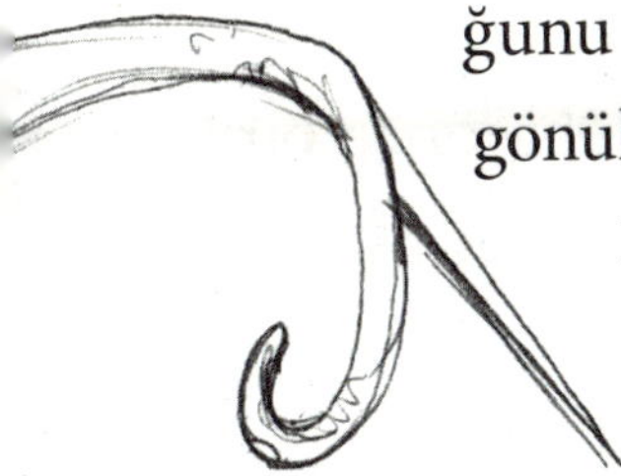

Elini kaldıran tek kişi Johnny idi. Bayan Sivripopo onu tahtaya kaldırdı. Belki Johnny'yi hatırlamıyorsundur diye söyleyeyim. Hani şu Petunya'ya âşık olan çocuk; Ramon ve Peter ile arkadaş; dağınık, açık kahverengi saçları ve burnunun ucunda kocaman bir çili var. Kendisi aynı zamanda genç bir Yaban Adam; ayakları biraz daha büyüdüğünde Koca Ayak olmayı umuyor.

"Adınız ne genç adam?"

"Johnny."

"Tamam, Johnny. Beş artı üç kaç eder?"

"Sekiz," dedi Johnny bir an bile tereddüt etmeden. Sınıftakiler el çırptılar.

"Aahhhh!" diye ciyakladı Bayan Sivripopo. "Sakın bir daha bana o sayıyı söyleyeyim deme! Of ya! Siz onu alkışlamaya nasıl cesaret edersiniz? Yanlış cevap verdi!"

Sınıftakiler şaşırdı. Johhny'nin daha önce bir matematik sorusuna yanlış cevap verdiği hiç olmamıştı.

"Hayır, yanlış cevap vermedim," dedi Johnny. "Bakın."

Bir elindeki beş parmağı ve diğer elindeki üç parmağı kaldırıp birden sekize kadar saydı.

"Parmaklarının sana ne söylediği umurumda değil!" dedi Bayan Sivripopo. "Parmaklarının benden daha akıllı olduğunu mu söylüyorsun?"

"Hayır. Ben sadece..."

"Ben, beş artı üçün dokuz yüz elli altı ettiğini söylüyorum," dedi Bayan Sivripopo. "Buna ne dersin?"

"Bunun doğru olduğunu sanmıyorum," diye karşılık verdi Johnny.

"Bak, ben kocaman, korkunç bir canavarım ve beş artı üçün dokuz yüz elli altı ettiğini söylüyorum. Eğer bana haklı olduğumu söylemezsen burnunu koparırım."

"Hayır! Burnumu koparmayın!" diye yalvardı Johnny. "Üzerinde çilim var!"

"Öyleyse beş artı üç kaç eder?" diye sordu Bayan Sivripopo, kıskacını Johnny'nin burnuna doğru tutarak.

Johnny pes etti ve gönülsüzce, "Dokuz yüz elli altı," dedi.

"Güzel," diye bağırdı Bayan Mispopo. "Canavar Matematiği'ni öğrendin işte. Yerine oturabilirsin."

Johnny kendini yenilmiş hissederek masasına gitti. Bayan Sivripopo devam etti. "Gördüğünüz gibi, Canavar Matematiği'nde uzman olmanızı sağlayacak çok basit iki prensip var. Birincisi: Canavarlar büyük sayıları sever. Küçük sayılardan nefret ederiz. Daha önce Johnny o korkunç küçük sayıyı söylediğinde gördüğünüz gibi küçük sayılar bizi korkutur. İkincisi: Bir canavarla Canavar Matematiği yaparken canavar her zaman haklıdır. Bize gerçekten büyük bir sayı söylediğinizde genellikle daha da büyüğünü isteriz. Çünkü sayı ne kadar büyük olursa, biz o kadar mutlu oluruz. Şimdi başka bir problem deneyelim, olur mu?"

Bu kez tahtaya Lindsey kalktı.

"Altı artı dokuz kaç eder?" diye sordu Bayan Sivripopo.

"Altı bin seksen iki!" dedi Lindsey mutlulukla.

"Ah. Çok yaklaştın," dedi Bayan Sivripopo. "Ama doğru cevap altı bin iki yüz kırk dört."

"Elbette; atı bin iki yüz kırk dört. Haklısınız," dedi Lindsey.

Bunun üzerine daha da mutlu olan Bayan Sivripopo iki ters takla attı.

Ardından Jason tahtaya koştu.

"Ah, ne kadar da harika bir şekilde korkunç görünen bir çocuksun sen!" dedi Bayan Sivripopo, hokey sırasında çenesine ve burnuna yediği yumruklar yüzünden yüzü şekilsiz bir hal alan Jason'a hayranlıkla bakarak. "Sırada zor bir soru var. Yirmi eksi yedi kaç eder?"

"On iki milyon beş yüz bin," dedi Jason.

"Kesinlikle doğru!" dedi Bayan Sivripopo. "Ben bile daha iyisini yapamazdım." Sonra eğildi ve üçlü geri takla attı. O kadar mutluydu ki.

"Avoooo-aloooo!" diye bağırdı.

"Avoooo-alooo!" diye mutlulukla bağırarak karşılık verdi sınıf.

"Sanırım bir probleme daha yetecek zamanımız var," dedi Bayan Sivripopo.

Wendy Crumkin, çilleri olan akıllı kız sınıfın önüne çıktı.

"Bu tuzak bir soru," dedi Bayan Sivripopo. "Çok dikkatli ol. Sıfır kere sıfır kaç eder?"

"Sonsuz," dedi Wendy.

Bayan Sivripopo düşüp bayıldı.

12

Korkunç Bir Cadılar Bayramı

Normal okullarda Cadılar Bayramı her yıl herkesin ya da her şeyin korkunç olmasına izin verilen bir gündür.

Tuhaflıklar Okulu'nda ise tam tersi olur. Tuhaflıklar Okulu'nda her şey her zaman korkunç olduğu için Cadılar Bayramı hiçbir şeyin korkunç olmadığı bir gündür.

Bu özel günde bütün öğretmenler olabildiğince tatlı olur; kolların bacakların koparılmasına, sakatlamalara, öğrencilerin yenmesine izin verilmez. Dr. Ejdernefesi bile kurallarını uygulamaz. Charles Yengelen ve Cindy Chan da bu nedenle sınıfta ilk kez birbirlerine bakabildi. Canlı taş heykeller seyahate çıkıtı, Venüs sinekkapanları uyudu, Bayan T de dişlerine tıpalar taktı.

Bu yıl Cadılar Bayramı'nda Müdür Kafaezen her öğrencinin kostüm yarışması için okula bir Cadılar Bayramı kostümüyle gelmesini istedi. Kazananın ödülü, Cin Tepesi'nin üzerine günlük devriye gezisi sırasında Dr. Ejdernefesi 'nin sırtında yolculuk etmekti.

Bütün çocuklar kostüm yarışmasını kazanmaktan ölümüne korkuyordu. Dr. Ejdernefesi'nin onları yolculuk sırasında yiyeceğinden emindiler. Bu yüzden de hiçbiri Cadılar Bayramı'nda kostüm giymedi. Yalnızca Fred ve Charles Yengelen kıyafetli geldiler. Fred, ejder avcısı gibi giyinmişti. Çocuklar, Fred'in ölümüne susadığını düşünüyorlardı.

Charles Yengelen ise Dr. Ejdernefesi'nin Beş Numaralı Kuralı'na göre giyinmişti. En korkunç kostümün kendisinde olduğundan emindi ve kazanmayı umuyordu. Charles Yengelen, Dr. Ejdenerfesi'ni seviyordu çünkü kurallardan kendisi kadar hoşlanan (ne insan ne canavar) başka kimseyi tanımamıştı.

Bayan Sivridiş'in sınıfındaki çocuklar güvenlik içinde bir gün geçirmenin tadına vardılar.

Jason testeresini çıkardı ve masaları keserek onları herkese uygun boyda hokey sopalarına dönüştürdü. Bayan Sivridiş kesirleri öğretmeye çalışırken sınıftakiler hokey oynadılar. Bayan Sivridiş önce bu kargaşaya neden olan çocukların kanlarını ememediği için çok öfkelendi. Ama çok geçmeden kesirlerle ilgili verdiği dersin uygulamaya geçtiğini, Jason'ın bütün masaları son derece orantılı biçimde keserek hokey sopalarına dönüştürdüğünü fark etti. Bu kadar iyi öğretebildiği için kendinden çok hoşnut olan Bayan Sivridiş masasına oturdu ve hokey maçı boyunca tezahürat yaptı.

Bir ara Johnny, Petunya'nın şapkasını aşırdı ve bir süre geri verdi. Şapkayı çalarak Petunya'ya ondan hoşlandığını göstermeye çalışıyordu, ama Petunya anlamadı ve çok öfkelendi. Petunya'nın şapkasının çıkmasını sabırla bekleyen bir arı sürüsü sınıfa hücum etti. Herkes arılar tarafından sokulunca Johnny de şapkayı geri vermek zorunda kaldı.

Öğle yemeği sırasında Müdür Kafaezen herkese kostüm yarışmasının sonuçlarının açıklanması için Dehşet Çadırı'nda toplanmaları gerektiğini söylemek üzere yemekhaneye girdi. Şaşkınlıkla yemekhanenin boş olduğunu fark etti. Bütün çocuklar çoktan Dehşet Çadırı'na gitmişti. Taş heykeller tarafından yenme tehlikesi olmaksızın içeri girmenin keyfini çıkarıyorlardı.

Müdür Kafaezen Dehşet Çadırı'na gitti, sahneye çıktı ve kocaman ellerini ağzına götürdü. Bu hareket, sesinin mikrofonda çıkabileceğinden on kat yüksek çıkmasını sağlıyordu. Ön tarafta oturan çocuklar belirgin bir işitme kaybı yaşayacaklardı.

"Kostüm yarışmasına geçmeden önce," diye bağırdı Müdür Kafaezen, "çok özel bir sürprizim var."

Herkes homurdandı.

"Cin Tepesi'nde yaşayan cinler ta yolun karşı tarafından size özel bir Cadılar Bayramı oyunu sergilemek için geldiler. Bunun için neredeyse iki gün çalıştılar; bu nedenle sizde onları dikkatle izlemenizi istiyorum."

Perdeler açıldı ve en az elli cinden oluşan bir sürü sahneye üşüştü. Çok küçüktüler, boyları yarım metre bile değildi. Uzun ve sivri kulakları, keskin pençeleri, çok korkunç olmayan dişleri ve kabarık, renkli saçları vardı. Cinlerin bazıları garip bir dans yapıyordu, bazıları ise yapmıyordu. Son derece dağınık görünüyorlardı.

Cinlerden biri kırmızı bir takım elbise giymişti; kabarık, kırmızı saçları vardı. Öne çıktı, sanki içine helyum gazı çekmiş gibi yüksek ver derinden gelen bir sesle konuşuyordu. "İyi günler. Ben anlatıcınızım. Cin Tepesi'nin cinleri, ünlü Üç Küçük Domuz masalını sergilemekten onur duyar."

Bütün çocuklar el çırptı, çünkü bu masalı seviyorlardı.

Cinler çılgınca bir aceleyle sahneyi boşalttı. Böylece anlatıcı gösteriyi başlatmak üzere yalnız kaldı.

"Bir varmış bir yokmuş," dedi kırmızı takım elbiseli cin. "Bir zamanlar üç küçük domuz varmış."

Burunları ve kıvırcık kuyrukları olan domuz kostümleri giyen üç cin emekleyerek sahneye çıktı. Çocuklar kahkahalar atıp el çırptılar.

Anlatıcı devam etti. "Domuzların her birinin mimarlık alanında diploması varmış, bu yüzden kendi evlerini kendileri yapmaya karar vermişler."

Sarı samandan kıyafetler giyen bir grup cin sahneye fırladı; müthiş bir jimnastik becerisiyle birbirlerinin omuzlarına atladılar ve ilk küçük domuzun çevresinde bir ev şekli oluşturdular. Bu evin bacası, pencereleri ve kapıları vardı.

"İlk küçük domuz, samandan evler yapmamaları gerektiği öğretilen ilk dersi kaçırmış. Bu nedenle de evini C sınıfı samandan yapmış. Piyasadaki en ucuz ve dayanıksız samanmış bu. Domuz pek akıllı değilmiş.

Üç küçük domuzcuk

"İkinci domuz biraz daha akıllıymış. Evini ince dallardan yapmış. Yine çok akıllıca olmasa da C sınıfı samandan kesinlikle daha iyiymiş."

Kahverengi dallardan oluşan kostümler giyen bir başka grup cin sahneye çıktı ve dallardan bir ev yaptı.

"Üçüncü domuz içlerinde en akıllı olanmış. Evini tuğladan yapmış." Kırmızı tuğladan kostümler giyen bir başka grup cin birbirinin omuzlarına atladı ve tuğlalardan bir ev yaptılar.

Anlatıcı, korkunç bir sesle fısıldadı. "Sonra bir gün kasabaya aç bir kurt gelmiş."

Garip bir kurt kostümü giyen bir cin homurdanarak sahneye geldi. Oyuncu cin, kostümü postu andırsın diye her tarafına çimler ve otlar yapıştırmış gibiydi.

Anlatıcı devam etti. "Kurt, samandan yapılan eve sokulmuş. Küçük domuz onu içeri almayı kabul etmeyince kurt oflamış, poflamış ve üfleyerek evi yerle bir etmiş."

Sahne görevlisi cin dev bir elektrikli fan açtı ve büyük bir rüzgâr dalgası cinlerden oluşan saman evi yıktı. Cinler birbirlerinin üzerine düştüler ve içerideki zavallı domuz cini ezdiler. Cinler inleyip homurdanıyorlar ve büyük bir acı çekiyormuş gibi görünüyorlardı.

İzleyiciler arasındaki çocuklar bunun da gösterinin bir parçası olup olmadığını anlamak için etraflarına bakındılar, ama herkesin kafası eşit derecede karışmış görünüyordu.

"Ha-ha-ha!" diye güldü anlatıcı. "Kurt, evini samandan yapan aptal domuzla kendine bir ziyafet çekmiş."

Belli ki izleyicilerin dikkatini sahneden çıkarılan yaralı cinlerden uzaklaştırmak için kurt kılığındaki cin mutluluk dansı yapmaya başladı. Ama bu, işe yaramıyordu.

"Sonra kurt, ağaç dallarından yapılan ikinci eve gitmiş. Domuz onu içeri almayı reddetmiş. Bunun üzerine kurt oflamış, puflamış ve üfleyerek domuzun evini yerle bir etmiş."

Dev fan bu kez daha da şiddetli çalıştı ve daldan evi oluşturan bütün cinler, sanki topla fırlatılıyormuş gibi Dehşet Çadırı'nın öbür ucuna uçtu.

Arka duvara çarpıp yere düştüler. Gür, derinden gelen sesleriyle inleyip homurdandılar. "Acıdı!", "Of ya!", "Oy oy oy!" diye bağırıyorlardı.

Çocuklar iyice dehşete kapılmışlardı. Çoğu ağlamaya başlamıştı ve oradan çıkmak istiyordu. Yine de bundan sonra ne olacağını feci şekilde merak ettikleri için yerlerinden kalkmıyorlardı.

"Ha-ha-ha!" diye güldü anlatıcı yine. "Kurt, ikinci aptal domuzla kendine çektiği ziyafetten birinciye göre daha da büyük keyif almış."

Yaralı cinler aceleyle sahne gerisine çekilirken, kurt cin yine aptal aptal dans etti. Sonra da tuğladan yapılan eve yaklaştı.

Anlatıcı, gerilimi artırmak için yumuşak sesle konuşuyordu.

"Son olarak kurt, akıllı domuzun tuğlalardan yaptığı eve gelmiş. Ne kadar oflayıp poflayıp üflediyse de evi yıkamamış. Bunun üzerine... yıkım işinde çalışan kardeşlerini çağırmış. Onlar da buldozerle ve gülleyle gelip tuğladan evi hedef almışlar."

Birden Dehşet Çadırı'nın tavanından aşağı dev bir gülle indi. Sahne görevlisi cinler gülleyi var güçleriyle itince, gülle sahnenin üzerinde sallanmaya başladı.

"Dikkat!" diye bağırdı izleyici öğrenciler. Ancak tuğla-ev cinleri kımıldamadı ve kocaman gülle onlara çarptı. Cinlerin her biri bir yana dağıldı. Bazı cinler gülle önce onlara çarpmadığı için sahnede kaldılar ve rahatlayarak derin bir soluk aldılar. Derken gülle onlara doğru geri geldi. Kalan cinler de darbeyi yiyince, "Aaahhhhh!" diye bağırarak diğer tarafa uçtular.

Anlatıcı masalı, "Böylece kurt bütün domuzları yemiş," diyerek bitirdi. "Besin zincirinin olması gerektiği gibi. En akıllı domuz bile yıkım işinde bağlantıları olan aç bir kurtla baş edemez. En..."

Anlatıcı cinin sözleri yarım kaldı, çünkü hâlâ kontrolsüz bir şekilde sallanan gülle ona da çarpmıştı. Cin, çadırın öbür ucuna mermi gibi uçtu. Sonunda gülle Dehşet Çadırı'nın yan duvarına çarpıp geçti. Okulun bahçesine savrulup kaydırağı, tırmanma demirlerini ve atlıkarıncayı dümdüz etti.

Çocukların ağızları bir karış açık kalmıştı; hemen herkes ağlıyordu.

O sırada bütün cinler tekrar sahneye koşup selam verdiler ve el çırpmaya başladılar. Kutlama yapıyor gibiydiler. Harika bir performans sergilediklerini düşündükleri belliydi.

Kimse onları alkışlamasa da bu, cinlerin kendi kendilerine tezahürat yapmalarını engellemiyordu. Tüyler ürperticiydi.

Sonunda perde indi ve artık kimse cinleri göremez oldu. Sonra nihayet herkes alkışlamaya başladı.

Müdür Kafaezen sahneye çıktı. "Pekâlâ... bu... ilginçti, değil mi?"

Bütün çocuklar yuh çektiler.

"Peki, çok kötüydü, şimdi bunu unutalım ve kostüm yarışmasına geçelim. En iyi iki kostüm için finalistler... Fred Kroger ve Charles Yengelen!"

Herkes gözlerini devirdi, çünkü Fred ile Charles'tan başka kostüm giyen yoktu zaten.

Dr. Ejdernefesi sahneye uçtu ve, "Madem ödül benimle yolculuk etmek, kazanana benim karar vermem gerek. Ben de Fred'in kazandığını söylüyorum!" dedi.

Bütün çocuklar tezahürat yaptılar. Fred yeniden okulun kahramanı olmuştu.

"Ne?" diye bağırdı Charles Yengelen. "Benim kostümümüm daha korkunç ve daha yaratıcı! Fred yalnızca bir Viking başlığı giymiş ve mızrağa benzeyen bir sopa tutuyor. Bunun, ejder avcılarının giydikleriyle uzaktan yakından ilgisi yok. Ben Beş Numaralı Kuralım!"

"Dinle," dedi Dr. Ejdernefesi. "Doğrusunu söylemek gerekirse, senin sürekli kurallara uyman çok sinir bozucu. Mecbur olmasam seninle bir saniye daha geçirmem."

"Ama... ama..."

Charles'ın sözleri bir işe yaramıyordu. Öğle yemeğindeki başarısından sonra artık okulun kahramanı değildi. Herkes Charles Yengelen'in adını unutmuştu ve onu yeniden "Yeni gelen" diye çağırmaya başlamışlardı. Gerçi Charles'a göre hava hoştu, çünkü hâlâ herkesin ona soyadıyla seslendiğini sanıyordu.

Müdür Kafaezen ellerini ağzına götürdü ve duyurdu. "Bu özel Cadılar Bayramı'nı sona erdirmek

için Hortlak Oyunlarının başkanı Franz Dietrcih Kurtuluması size çok özel Cadılar Bayramı selamını sunmak istiyor."

Tavandan bir ekran indi ve Bay Kurtuluması'nın dev kafası ekranda göründü. Onun yüzünü pudralayan makyaj uzmanları aceleyle kadrajdan çıktılar.

"Selamlar, Tuhaflıklar Okulu'nun öğrencileri," dedi Kurtuluması derinden gelen meymenetsiz sesiyle. "Müdürünüzün az önce cinlerden oluşan bir grubun size bir cadılar Bayramı gösterisi sergilemesine izin verdiğini öğrendim. Berbat oyunlarını sergilemek cinleri en mutlu eden şeydir. Sizin adınıza üzgünüm ama cinler, canavar dünyasının hamamböcekleri olarak görülürler ve cinlerin mutlu olması biz canavarları çok mutsuz eder. Korkarım canavar toplumunu bu suç konusunda bilgilendirmekten başka şansım yok. Ayrıca artık hiçbirinizin Hortlak Oyunlarında hayatta kalma şansının olmadığı belli oldu.

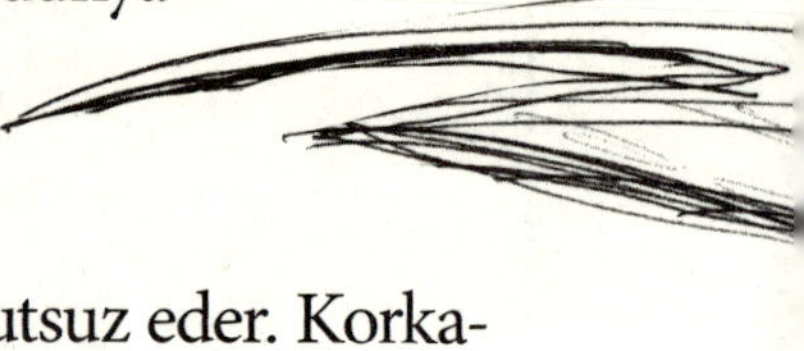

Arada homurdananlar olduysa da çocukların çoğu zaten umudunu kesmişti. Hortlak Oyunlarının kendilerinin sonu olması için bir neden daha çıktığını duyunca gözlerini devirdiler.

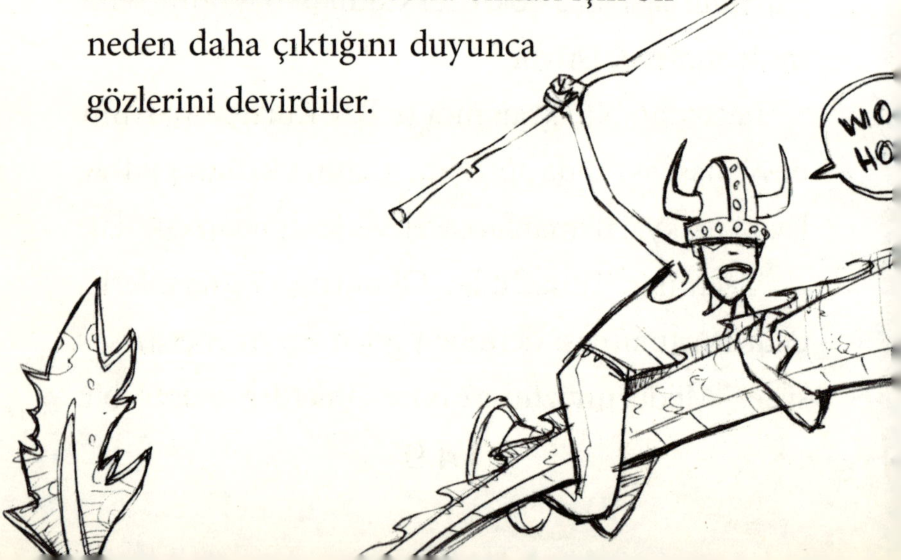

Kurtuluması sözlerini bağırarak tamamladı. "Mutlu bir Cadılar Bayramı dilerim! Umarım hiçbiriniz zehirli şeker yemezsiniz. Çünkü her birinizin baharda Hortlak Oyunlarında canlı canlı yendiğinizi görme fırsatını kaçırmak istemiyorum. Kamerayı kapatın!"

Müdür Kafaezen yakasını gevşeterek mırıldandı. "Ah, evet. Cin meselesini tamamen unutmuşum. Üzgünüm çocuklar."

Yaklaşık iki yüz çocuk aynı anda eliyle alnına vurdu.

Kostüm yarışmasından sonra, Bayan Sivridiş'in öğrencilerinin geri kalanı hokey maçını tamamlamak için sınıfa döndü. Bayan Sivridiş'i bile maça katılması için ikna ettiler ve o da harika zaman geçirdi.

O günkü tek aksilik ayağı Penny Ceset'e takılıp düşen Bayan Sivridiş'in elindeki hokey sopası vampir çocuk Benny Porter'In tam göğsüne saplanınca yaşandı.

"Aman!" dedi Bayan Sivridiş.

Benny Porter iki büklüm oldu ve kalbine hokey kazığı saplanmış halde oracıkta ölüp yere yığıldı.

"Çok özür dilerim, Benny."

Benny, Bayan Sivridiş'in bütün yıl boyunca öldürdüğü tek çocuktu. İronik bir biçimde bu olay herkesin en güvende olduğu, hiçbir çocuğun ölmemesi gereken bir günde yaşanmıştı. Böyle kazalar olur işte. Benny, kapalı mekânda hokey oynamamak gerektiği (tabii salon hokeyi oynamıyorsanız eğer) konusunda önemli bir hayat dersi almış oldu.

Bayan Sivridiş alarmı çaldı ve Hemşire Tüylüben yine bir sis bulutunun içinde sınıfta belirdi.

"Aman ne güzel," dedi Hemşire Tüylüben. "Cadılar Bayramı gecemi bu çocuğu zombiye dönüştürerek geçirmek zorunda kalacağım. Oysa bu gece dağıtmayı planladığım o kadar çok zehirli elmam vardı ki."

Okuldan sonra Fred, Cin Tepesi üzerinde devriye gezen Dr. Ejdernefesi'nin sırtına bindi. Tepeye çıktıklarında gösteride yer alan cin oyuncuların Bay Kaplumbağaşekerlemesi'ne saldırdığını gördüler. Küçük baltalarla onun kabuğuna vuruyor ve bağırıyorlardı: "Kaplumbağa çorbası! Kaplumbağa çorbası! Kaplumbağa çorbası!"

Dr. Ejdernefesi aşağı süzüldü ve bütün tepeyi kaplayan bir ateş dalgası üfledi. Cinler alevler içinde kalıp çığlıklar atarak tepeden aşağı koştular. Sonra da kendilerini söndürmek için Gremlin Nehri'ne atladılar.

Bay Kaplumbağaşekerlemesi kafasını kabuğundan çıkarıp onlara, "Teşekkürler," dercesine el salladı.

"Vay be!" dedi Fred. "Hayatımda gördüğüm en güzel rüya bu!"

13

Bayan T. Bir Dodo'yu Kandırıyor

Bayan T., Tuhaflıklar Okulu'nun ceza gözlemcisi ve aynı zamanda kütüphanecisidir.

Uzak bir adada, bilim insanlarının kafadan çatlak milyarder arkadaşlarını etkilemek için bahçesinde dinozorların dolaşmasını isteyen kafadan çatlak bir milyarder için dinozor yetiştirdikleri bir laboratuvarda doğmuş.

Diğer pek çok T. reks gibi Bayan T.'nin beyni fındık kadar değildi. DNA'da meydana gelen bir karışıklığa bağlı olarak kendisi kocaman bir beyne sahipti ve bu da onu yaşayan her insandan daha akıllı kılıyordu.

Bu kadar akıllı olduğu için istediği en son şey kafadan çatlak bir milyarderin evcil hayvanı olmaktı. Bu nedenle haince bir plan yapmıştı. Bu plan sonucu bahçedeki bütün dinozorlar adamın evine saldırıp onu yemişlerdi ve özel uçağını da çalmışlardı. Böylece milyarder, evcil hayvan olarak insan yiyen dinozorlar beslememek gerektiği konusunda önemli bir hayat dersi almıştı.

Bayan T., milyarderin uçağını dünyayı dolaşmak ve gittiği her yerde yeni şeyler öğrenmek için kullanmıştı. Yirmi yıl seyahat ettikten sonra yeryüzündeki bütün dilleri konuşabilir hale gelmişti.

Bayan T. her gün aynı mavi elbiseyi giyip aynı boneyi takıyordu, çünkü dünyayı dolaşırken kendi ölçülerine uygun bulabildiği tek kıyafet buydu.

Bayan T. okumayı ve yeni şeyler öğrenmeyi her şeyden çok seviyordu. Sorun, kolları çok kısa olduğu için bir kitabı gözlerine yeterli uzaklıkta tutamamasıydı. Bu nedenle de başkalarından kendisine kitap okumalarını istemek zorunda kalıyordu. Bunu istediği herkes genellikle olumlu cevap veriyordu, çünkü kim mavi elbiseli bir T. rekse hayır diyebilirdi ki?

Bayan T. yaşlanınca yerleşik bir hayat sürmeye ve Tuhaflıklar Okulu'nda çalışarak sakin bir yaşamın tadını çıkarmaya karar vermişti. Kütüphaneye çok iyi bakıyordu. Kütüphane hep hoş ve sessizdi; çünkü ne zaman birileri gürültü yapacak olsa Bayan T gidip onları yiyiveriyordu. Bu da rahatsızlığın sonu oluyordu tabii.

Tuhaflılar Okulu'nda çalışırken, hayatının aşkı Bay Örümcekgöz ile tanışmıştı ve evlenmişlerdi. Bayan T.'nin Bay Örümcekgöz'den hoşlanmasının sebebi Bay Örümcekgöz'ün yüzlerce gözünün kitap okumasını imkânsız kılmasıydı. Bu nedenden ötürü pek zeki ve kültürlü olmadığı için Bayan T.'yi zekâsıyla ve kültürüyle etkilemeye çalışmıyordu.

Çok iyi bir takımdılar. Bay Örümcekgöz koridor gözlemcisi olarak bulabildiği kurallara karşı gelen herkesi karısına gönderiyordu. Kurallara uymayan biri ceza odasına gittiğinde Bayan T. onu öğle tatili boyunca kendisine kitap okumak zorunda bırakıyordu.

Bayan T.

Çocuklara bir şans vermek için ceza asla öğle tatilini geçmiyordu. Ama bir çocuk kazara fazla uzun kalacak olursa şanssızlığının kurbanı oluyor ve Bayan T.'nin öğle yemeğine dönüşüyordu. Normalde, tam öğle vakti, Bayan T. çok acıktığı için gürültüyle kükreyerek Korkunç Orman'a gidip yiyecek avına çıkıyordu. Müthiş Aşçı Sue'ya da öğrencilere yemek hazırlaması için bir şeyler getiriyordu.

Bir gün Sue, Bayan T.'den özel Şükran Günü Haftası Mönüsü'ne eklemek üzere Korkunç Orman'dan tombul bir Dodo kuşu getirmesini istedi. Bu mantıklıydı, çünkü Dodolar bir tür dev hindi sayılırdı. Çok daha nadir bulunuyorlardı o kadar.

"Bu Şükran Günü'nde çocuklara ekstra özel bir mönü sunmak istiyorum," dedi Müthiş Aşçı akvaryumundan. "Bu baharki Hortlak Oyunlarından sonra öğrenciler bir sonraki Şükran Günü'nü göremeyebilirler, buna ömürleri yetmeyebilir. Ben de Dodoların gelmiş geçmiş en lezzetli, en etli kuşlar olduklarını duydum.

"Hevesini kırmak istemezdim, Sue," dedi Bayan T, "ama Dodoların soyları tükeneli üç yüz yıl oldu."

"Ben de hevesini kırmak istemezdim," diye karşılık verdi Sue, "ama dinozorların soyları tükeneli de altmış beş milyon yıldan fazla oldu. Yine de sen şu anda benim karşımda dikiliyorsun!"

"Haklısın," dedi Bayan T. "Bulmaya çalışacağım."

Böylece tam öğle vakti Bayan T. görkemli bir biçimde kükredi ve ağır ağır Korkunç Orman'a doğru yürüdü. Korkunç Orman, ziyaretçilerine ihtiyaç duydukları şeyi bir şekilde bulmaları konusunda yardım ediyordu. Tek sorun aradığınızı bulduğunda bazı şeylerin çok şaşırtmacalı hale gelmesiydi. Korkunç Orman, sakinlerini bırakmak istemiyordu.

Bayan T., Korkunç Orman'a girer girmez ağaçlar kendilerini yerden kaldırdılar ve sanki kökleri minik ayaklarmış gibi koşuşturarak her tarafa dağıldılar. Ağaçlar birbirleriyle Rüzgâr Dili'nde fısıldaşmaya başladı. Bayan T. de bu dili çok iyi biliyordu.

Bayan T., ağaçlara bir Dodo aradığını fısıldadı. Ağaçlar da aralarında fısıldaştılar, sonra iki sıra halinde dizilip Bayan T. için bir yol oluşturdular.

"Teşekkür ederin," dedi Bayan T. Bu sözler Rüzgâr Dili'nde ıslık ve hışırtı gibi çıkıyordu.

Bayan T. yolu takip etti ve sonunda bir açıklığa geldi. Burada üzerinde şunların yazılı olduğu bir tabela vardı:

Dodo Ülkesi'ne Hoş Geldin
IQ'su 200'ün altında olanların girmesine gerek yoktur.

Bayan T. gözlerine inanamıyordu. Etrafta gezinen yüzlerce dodo vardı. Her biri bir veya bir buçuk metre boyundaydı ve profesör önlükleri giymiş, gözlük takmışlardı. Kanatlarının tüyleri arasında kitaplar tutuyorlardı. Bazıları grup halinde toplanmış, tartışıyorlardı. Ellerinde tuttukları kitaplar hakkında konuşuyorlardı.

Vay be, diye düşündü Bayan T. *Amma akıllı Dodolar bunlar.*

Bayan T. gölgelerin arasından meydana çıktı ve bulabileceği en tombul Dodo'yu aramaya başladı.

Dodolar, mavi elbiseli dev T. reksi görünce şaşırdılar ama kaçmadılar. Bunun yerine, "İşte o! İşte o!" diye bağırdılar. Sonra da Bayan T.'nin yanına koşup ayaklarının dibinde diz çöktüler.

Kalın camlı gözlük takan bir Dodo bağırdı: "Sizi görmek bizi çok heyecanlandırdı! Benim adım Plato. Tam da kehanetin öngördüğü gibi, Büyük Ata geri döndü!"

"Büyük Ata mı? Siz neden söz ediyorsunuz?" diye sordu Bayan T.

"Bizi takip edin!" dedi Dodo Plato.

Bayan T. Dodoların peşinden, üzerinde DODO TARİH MÜZESİ yazılı bir tabela olan büyük bir binaya girdi.

İçerideki duvara Dodo soyağacının dev bir şeması çizilmişti. Buradan ta en başa kadar dodoların aile ağacı görünüyordu ve en tepede de... Bayan T'nin resmi vardı!

"Hey, benim resmim duvarda ne arıyor?" diye sordu Bayan T.

"Bakın," dedi Plato, "altmış beş milyon yılı aşkın süre önce siz, dev bir beyinle doğan ilk dinozordunuz. Okumayı ve yazmayı icat ettiniz! Bütün çocuklarınız da dev beyinlerle doğdu ve sonraki milyonlarca yıl boyunca dinozor torunlarınız evrim geçirip Dodolara, yani yeryüzünün en akıllı yaratıklarına dönüştü. İnsanlar bizi keşfedene kadar binlerce yıl Madagaskar'ın doğusunda, Mauritius Adası'nda mutluluk içinde yaşadık. İnsanlar bizim yalnızca akıllı değil, aynı zamanda lezzetli olduğumuzu fark ettiler. Bu kadar etli ve leziz olmamız bizim suçumuz değil ki! Soyumuz neredeyse tükenene kadar insanlar bizi avladı. Sonunda Mauritius'u terk edip bizi bir daha kimsenin bulamayacağı Korkunç Orman'a yerleştik. Burada içimizden geldiği gibi okuyup yazabiliyor, felsefe yapabiliyoruz."

"Vay be, burası cennet gibi bir yere benziyor," dedi Bayan T. "Ama büyük beynimi bana DNA'mı bulan ve beni hayata döndüren bilim insanlarının verdiğini sanıyordum."

"Onlar öyle olduğunu sandılar, çünkü bunu açıklayamıyorlardı. Aslında siz zaten akıllıydınız ve inanılmaz bir hayat yaşıyordunuz. Sizi DNA'larınızdan yeniden var ettiklerinde hiçbir anınızın kalmamış olması ne kötü. O zamanda yaptığınız bütün müthiş şeyleri hatırlardınız. Neyse ki bunları otobiyografinizde yazmışsınız ve hepimize çok önemli bir ders vermek üzere geri döneceğinizi öngörmüşsünüz. Milyonlarca yıldır sizin geri dönüşünüzü bekliyorduk. Dersimizi almak için sabırsızlanıyoruz."

"Hımmm. Bunun nasıl bir ders olabileceği konusunda hiçbir fikrim yok," dedi Bayan T. "Siz dünya hakkında benden daha çok şey biliyormuş gibi görünüyorsunuz."

"Hayatım boyunca bunu söyledim!" dedi Plato. "Bizim eski bir dinozordan alacağımız derse ihtiyacımız yok. Zaten her şeyi biliyoruz!"

"Mesele yok o zaman," dedi Bayan T. "Ama yine de okulun öğle yemeği için birinizi yanımda götürmem gerek."

"Hayır! Yapamazsın!" diye bağırdı Plato. "Eğer insanlar bizim var olduğumuzu öğrenirse yeniden bizi avlamaya başlar. O zaman soyumuz gerçekten tükenir!"

"Bilim insanları DNA'nızı bulup sizi de benim gibi hayata döndürmezse tabii."

"Ama…. Ama… biz aileyiz! Kendi ailenizi yemezsiniz değil mi?"

"Sizi yiyecek olan ben değilim, çocuklar yiyecek. Aile de çok göreceli bir kavram. İyice gerilere gidersen herkes aile sayılır."

"Bu mantığı tartışamam," dedi Plato. "Eğer mutlaka birimizi götürmek zorundaysan, Elbert'i al. Kendisi yalnızca üç edebi başyapıt yazdı ve parçacık fiziği konusunda iki problem çözdü. O kadar tembel ki."

"Hey!" diye gıdakladı Elbert.

Bayan T., Plato'nun tutumundan hoşlanmamıştı. Bu nedenle onu pençelerinin arasına alıp ağır adımlarla ormandan çıktı. Plato'yu öğle yemeğinde pişirmesi için Müthiş Aşçı Sue'ya götürdü.

Böylece Plato, biraz geç de olsa dersini almış oldu.

Sue, Plato'yu büyük bir tabakta getirdi. Öğrenciler fırında Dodo'nun tadına baktıklarında ağızlarındakini tiksintiyle tükürdüler.

"Iyy! Bu hayatımda yediğim en kötü şey!" dedi Ramon. "Solucanın yapışkan özüne batırılmış terli çorap gibi tadı!" Yemeğin tadına bakan her öğrenci onun söylediklerini ikinci, üçüncü, dördüncü kez doğruladı.

"Ne garip," dedi Sue. "Efsaneye göre çok lezzetli oldukları için soyları tükenmiş."

"Bu konuda yeni bir teorim var," dedi Bayan T. "Bence çekilmez derecede çokbilmiş oldukları için avlanmışlar ve soyları bu yüzden tükenmiş!"

14

Üç R'ler

Sizin okulda "Üç R" farklı anlama geliyor olabilir, ama Tuhaflıklar Okulu'nda Üç R'nin karşılığı Rachael, Raychel ve Frank (Frank, Rachel diye okunuyor).

Bu arada konusu açılmışken... Neden İngilizcede "okuma, yazma ve aritmetik" anlamına gelen "reading, writing ve arithmetic" "Üç R" olarak adlandırılıyor acaba? Her sözcük R ile başlasaydı, anlardım. Ama yalnızca üç sözcüğün de içinde R harfi var o kadar. Saçma değil mi? O zaman "Üç İ" de denebilirdi, çünkü üçünün de içinde İ var.

Ayrıca, neden "reading" ve "writing"de olduğu gibi, "arithmetic"in de sonunda "ing" yok? Düşünüyorum da, İngilizce tuhaf bir dil. Bir de aptal insanlar böyle "Üç R"ler filan icat edip her şeyi iyice karmaşık hale getiriyorlar. Hayalet olunca böyle şeyleri düşünecek çok vaktin oluyor ve çıldırma noktasına geliyorsun.

Rachael, Bayan Sivridiş'in sınıfının en uzun boylu kızıdır. Uzun siyah saçları vardır ve çıkartmalara

bayılır. Bütün dosyalarının ve kitaplarının kapakları çıkartmalarla kaplıdır. Giysileri de öyle. Hatta çıkartmalarının çoğu da çıkartmalarla kaplıdır.

Raychel, Rachel'in en yakın arkadaşı. Kendisi, Bayan Sivridiş'in sınıfının en kısa boylu kızıdır. Kısa sarı saçları vardır ve çıkartmalardan nefret eder. Daha doğrusu, yapışkan olan her şeyden nefret eder: tutkal, çiklet, bal, aklınıza ne gelirse. Üç yıl önce saçına sakız yapışmıştı, hâlâ çıkmadı.

Rachael ile Raychel'in isimlerinin okunuşu dışında hiçbir ortak özellikleri yok. Ama bu, onların en yakın arkadaş olmalarına yetiyor.

Adı "Rachel" diye okunan Frank, Bayan Sivridiş'in sınıfının boy ortalamasında en ortada yer alıyor. Benny öldüğü için Frank en uzun boylu on beşinci kişi. Bakış açınıza göre en kısa boylu on beşinci kişi de diyebilirsiniz. Sınıfta ondan daha kısa boylu on dört kişi ve daha uzun boylu on dört kişi var. Frank kıvırcık kahverengi saçlara sahip ve ip atlamayı seviyor. Eskiden bütün gün ip atlardı. Sınıfa ipe atlayarak gider, yemeğini ip atlayarak yer, hatta geceleri ip atlayarak uykuya dalardı. Bir sabah uyandığında ipindeki otomatik sayacın iki milyon atlayışı gösterdiğini gördü!

Geçen yılın sonunda Frank ipinin kontrolünü kaybetti. İp havaya uçtu ve Bay Örümcekgöz'ün yirmi gözüne çarptı. Canavar matematiği kullanılacak olursa bu yaklaşık on sekiz bin göz ediyordu. Bay Örümcekgöz çok öfkelendi ve Frank'ın ipine

Hayali Atlama İpi!

Frank

el koydu. Artık Frank koridorlarda hayali bir iple atlayarak dolaşıyor.

Frank'ın tek arkadaşı Petunya, ama herkes onun Rachael ve Raychel ile arkadaş olduğunu düşünüyor çünkü o da üç Rachel'dan biri. İşin gerçeği, Rachael ve Raychel Frank'ın onlarla arkadaşlık etmesine izin vermiyorlar, çünkü Frank'ın adını yazma biçiminden hoşlanmıyorlar. İnsanlar Frank'ın ailesinin okuma yazma bilmediğini düşünüyor, ama bu da doğru değil.

Frank'ın annesiyle babası Gnomanya'dan geliyor. Gnomanya'da F'ler R olarak okunuyor ve R'ler sessiz. Aynı şekilde NK da "chel" okunuyor. Bu nedenle 'Frank', aslında 'Rachel'ın yazılışı.

Son paragrafta çok tırnak işareti kullandığımın farkındayım. Bir paragrafta tırnak işaretinden başka hiçbir şey olmasa nasıl görünürdü acaba? Deneyelim.

‘“”’ ‘“”””””””””””””””””””’ ‘“”””””””””””””””’ ‘“”””””””””””””””””””””””””’ “‘’’’’’ “‘’’’’’’’’’’’’’’’’’’’’’’’’ “‘’’’’’’’’’’’’’’’’’’’ “‘’’’’’’’’’’’’’ “‘’’’’’’’’’’’’’’’’’’’’’’’ “‘’’’’’’’’’’’’’’’’’’ “‘’’’’’’’’’’’’’’’’’’’’’? “‘’’’’’’’’’’’’’’’’’’’ “‘’’’’’’’’’’’’’’’’’’’’’’’’’’ “‘’’’’’’’’’’’’’’’’’’’’’’! “‘’’’’’’’’ “‘’’’’’ “‘’’’’’’’’’’’’’’’’’’’ “‘’’’’’’’’’’’’’’.

Tamam, aptalcaydı. Ama hey, ben bir hayaletim. Çok kolay sıkılıyorum.

Kış tatili yaklaşıyordu ve Rachael ile Raychel Hortlak Oyunları için iyice sıkı çalışmaya başlamışlardı. Seçtikleri oyuna takım halinde katılmaya karar vermişlerdi.

Frank'ın bahçenin bir ucunda kendi kendine hayali ipiyle atladığını gördüler. Ona seslendiler. "hey Frank, gelip bizimle oynasana!"

"Tamam!" dedi Frank. Birileri onunla oynamak istediği için çok heyecanlanmıştı. Hayali ipini bıraktı ve Rachael ile Raychel'in yanına koştu. "Ne oynuyoruz?"

"Sen burada ne arıyorsun, Frank?" dedi Rachael küçümseyerek.

"Evet, biz seninle oynamak istemiyoruz," dedi Raychel daha da küçümseyerek.

"Ben... sanmıştım ki siz... boşverin," dedi Frank. Başını eğdi ve yeniden hayali ipinin yanına döndü.

İki Rachel tekrar ona seslendiler. "Hey Frank, şaka yapıyorduk! Gel de bizimle oyna!"

Frank yine ipini bıraktı ve Rachel'lerin yanına koştu.

"Şaka yaptığınız biliyordum," dedi. "Ne oynuyoruz?"

"Iyy! Biz adı senin gibi yazılan biriyle oyun oynar mıyız hiç?" dedi Rachael.

"Evet, neden Petunya'yla ya da diğer ucubelerden biriyle oynayıp bizi rahat bırakmıyorsun?" dedi Raychel.

"Yine mi şaka yapıyorsunuz?" diye sordu Frank.

"Hayır," dedi Rachael.

"Evet," dedi Raychel.

"Evet," dedi Rachael.

"Hayır," dedi Raychel.

Frank bir süre kendisini küçümseyen, sonra gülümseyen, sonra yine küçümseyen, sonra yine gülümseyen iki Rachel'a baktı. Sonunda ağlamaya başlayıp koşarak oradan uzaklaştı.

"Vay be," dedi Rachael, "zihin oyunları konusunda gerçekten iyi olmaya başladık."

"Evet, Hortlak Oyunlarında zihin oyunlarını seçtiğimiz için gerçekten çok memnunum."

"Ben değilim. Evet, memnunum. Hayır, değilim."

Teneffüs sona erdi ve iki Rachel sınıfa doğru yürümeye başladılar. Ama sonra ayakları dolandı ve yere düştüler. Herkes onlara güldü.

"Neden bacaklarımız birbirine bağlı?" diye sordular birbirlerine.

Bahçenin öbür ucundaki Frank şöyle düşünüyordu: "Vay be, hayali ipleri bağlamak konusunda gerçekten iyi olmaya başladım!"

15

Bay Yılanderisi

Okulun kış tatilinden önceki son günü çok özel bir gündür.

Bütün zor sınavlar bitmiştir. Bütün gün, okulda geçirilen bir günden ziyade büyük bir parti havasında geçer. Bayan Sivridiş'in sınıfındaki öğrenciler fazlasıyla heyecanlıydı; bütün yıl o günü beklemişlerdi. O gün Bay Yılanderisi sınıflarına gelecek ve onlara insan biyolojisi konusunda ders verecekti.

Bir sınıf, biyoloji dersi var diye neden heyecanlanır ki? Anlatacağım. Bay Yılanderisi altıncı sınıfların öğretmeniydi; ancak altıncı sınıflar kendi başlarına tatil partisi yapacak kadar büyümüştü. Bay Yılanderisi de onları partide bıraktı ve öğrencilerin

Bay Yılanderisi

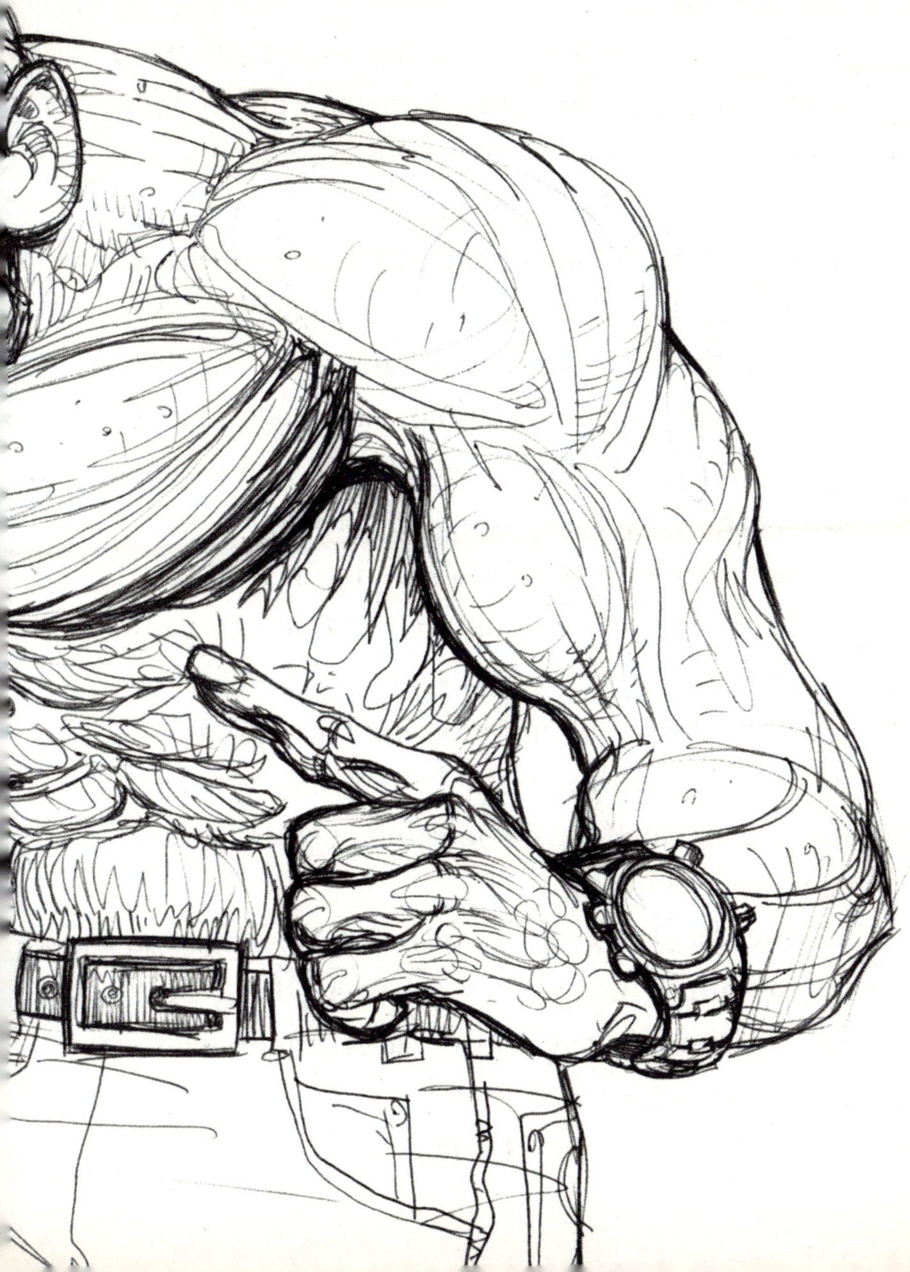

kendisini merakla beklediği Bayan Sivridiş'in sınıfına girdi.

Bay Yılanderisi kısa, kahverengi saçları olan uzun boylu biriydi. Bütün spor takımlarına antrenörlük yapıyordu ve tam da bütün spor takımlarına antrenörlük yapan birin gibi görünüyordu.

Bay Yılanderisi'nin özelliği yarı insan, yarı zombi olmasıydı. Bu da yarı canlı, yarı ölü olduğu anlamına geliyordu. Yarı ölü olduğunuzda tam anlamıyla canlı olduğunuz zaman yapamadığınız her türlü şeyi yapabilirsiniz. Bunlardan biri de kendine özgü bir şekilde biyoloji dersleri vermektir.

Bay Yılanderisi içeri girdiğinde üzerinde Tuhaflıklar Okulu Basketbol takımının eşofman üstü vardı.

"İyi günler," dedi güçlü ve otoriter sesiyle. "Buraya size asla unutamayacağınız bir biyoloji dersi vermek için geldim. Hatta bu dersten sonra hepinizin insan anatomisi konusunda uzman olacağınızı söyleyebilirim."

Bunu söyledikten sonra, Bay Yılanderisi uzanıp seşofman üstünü başının üzerinden çekerek çıkardı. Bunu yaparken yalnızca eşofman üstünü değil, derisini de çıkarmıştı!

Sınıftakiler, bir bedenin içini ilk kez gördükleri için, "Vuuu!" diye bağırdılar. Çok garip ve ilginç görünen kaslardan ve organlardan oluşan bir kütleydi bu.

"Gerçekten çok garip ve ilginç göründüğümü düşündüğünüzü biliyorum," dedi Bay Yılanderisi. "Ama unutmayın, derinizin altında hepiniz aynı görünüyorsunuz."

"Bunu nasıl yapabiliyorsunuz?" diye sordu Ramon. "Ben de zombiyim ve bunu yapamam."

"Çünkü ben yarı zombiyim. Basit olarak ifade etmem gerekirse içerden hâlâ insan, dışardan ise zombiyim. Yüzde yüz canlı olsaydım acıdan kıvranıyor olurdum. Yüzde yüz ölü olsaydım da içim hemen çürürdü ve dağılırdı.

"Müthiş olurdu!" dedi Johnny.

"Öyleyse dersimize başlayalım," diye devam etti Bay Yılanderisi. "Hareket etmeyi mümkün kılan yüzlerce kas vardır. Kollardan başlarsak burada pazılar, kol arkası kasları, delta kasları ve parmak bükme kaslarıdır. Göğse geçtiğimizde göğüs kasları, latismus dorsi kasları, oblik kaslar ve karın kasları vardır. Spor ve egzersiz yapmak bütün bu kasların güçlü ve sağlıklı olmasını sağlar. Ancak televizyonun karşısında oturmak ve bilgisayar oyunları oynamak kasların zayıf düşmesine ve sağlıksızlaşmasına yol açar. Bu nedenle odanızdan çıkın ve mümkün olduğunca çok egzersiz yapın!"

"Oturup ev ödevi yapmak da kasların güçsüzleşmesine neden olur mu?" diye sordu sürekli yüzme gözlükleri takan sıska Fritz. Bir sonraki kitapta ondan daha fazla söz edeceğiz.

"Evet," diye karşılık verdi Bay Yılanderisi. "Bu nedenle çözdüğünüz her matematik probleminden sonra elli kere zıplamalısınız."

Bayan Sivridiş araya girdi. "Şaka yapıyor, çocuklar. Bu çok saçma olur."

"Tabii ki şaka yapıyorum," dedi Bay Yılanderisi. "Elli kere zıplamak çok saçma olur. Egzersiz bile sayılmaz. Elli mekik çekmelisiniz. Organlara gelince..."

Bay Yılanderisi bütün kaslarını ayırınca sınıftakiler onun bütün iç organlarını ve bağırsaklarını gördü. Kimileri öğürdü, kimileri kustu, kimileri bağırdı. Ama çoğu tezahürat yaptı.

Bay Yılanderisi devam etti. "Önce sindirim sistemi gösterilecek."

Bayan Sivridiş, Bay Yılanderisi'ne küçük bir kek fırlattı. Bay Yılanderisi de ağzıyla onu yakaladı.

Bir yandan keki çiğnerken bir yandan da açıkladı: "Bu kek ağzımdaki tükürük sayesinde sindirilebilir duruma getiriliyor. Yutarken, yemek borusu adını verdiğimiz borudan geçiyor ve sindirimin başladığı yer olan mideye iniyor. Midede parçalandıktan sonra ince bağırsak adı verilen bir dizi tüpe giriyor. Burada vücudumun kullanması için besinlere dönüştürülüyor. Sonra, geriye yalnızca kullanılamayan kısım kalıyor. Bu da kalın bağırsak adı verdiğimiz tüpe gidiyor ve siz Bayan Sivridiş'ten tuvalete gitmek için izin isteyene kadar sabırla orada bekliyor."

Sınıftakiler yine tezahürat yaptılar.

"Vücudumuzda böyle müthiş şeyler yapan başka pek çok sistem var. Şu iki büyük pembe kese akciğerlerim; solunum sistemimi kontrol ediyorlar. Çevremizdeki havayı içimize çektiğimizde vücudumuz ihtiyacımız olan oksijeni alır, ihtiyacımız olmayan karbondioksiti de dışarı veririz. Şu büyük dilim karaciğerim; vücudumuzun istemediği bütün kötü maddeleri süzer. Göğsümdeki şu kemikler göğüs kafesimi oluşturur ve kalbimle akciğerlerimi korur."

Sonra Bay Yılanderisi sınıftakiler kalbini görebilsinler diye kaburgalarını ayırdı.

"Kim gelip kalp atışlarımı hissetmek ister?"

Sınıftakiler yerlerinden fırlayıp kuyruğa girdiler. Her bir öğrenci tereddütle uzandı ve Bay Yılanderisi'nin düzenli bir tempoda atan kalbini hissetti.

"Kalp, dolaşım sistemimi kontrol ediyor ve bütün vücuduma kan pompalıyor. Besinleri gitmeleri gereken yerlere dağıtıyor, hastalıklarla mücadele ediyor, düzgün bir vücut ısısı sağlıyor. Sakın unutmayın; eğer siz benim bu yaptığıma benzer bir şey yapmaya kalkarsanız anında ölürsünüz."

"Of, evet," dedi Rachael ve Raychel.

Herkes kalbini yokladıktan sonra Bay Yılanderisi kaburgalarını tekrar düzeltti, üzerine kıyafetini giyer gibi kaslarını yeniden birleştirdi, sonra eşofman üstünü giyip normale döndü.

Sınıftakiler onu alkışladılar. Bay Yılanderisi eğilip selam verirken başının üst tarafını çıkardı ve beynini herkese gösterdi.

"Hop!" dedi. "Bu bir sonraki ders için."

"Çocuklar," dedi Bayan Sivridiş, "çıkmadan önce size harika ve eğlenceli bir kış tatili diliyorum. Ama aynı zamanda Tuhaflıklar Okulu'nda şimdiye kadar öğrendiklerinizi ve bunların sizin ne anlam ifade ettiğini de düşünmenizi tavsiye ediyorum. Ayrıca, eğer en azından hayatta kalma umudunuz olsun istiyorsanız boş zamanlarınızı Hortlak Oyunları için çalışarak geçirmenizi öneririm. Ders bitmiştir. İyi tatiller!"

Çocuklar heyecanla ve özgürlük sevinciyle el çırptılar ailelerinin onları beklediği park alanına koştular.

"Ne öğrendik biliyor musun?" dedi Petunta, koridorda koşarlarken Frank'a.

"Ne?"

"İnsanlar armağanlar gibiler. Önemli olan, içinde ne olduğu."

TUHAFLIKLAR
OKULU

16

Johnny, Ramon ve Peter'in İğrenç Fikri

Johnny, Ramon ve Peter, Hortlak Oyunlarına üç kişilik bir basketbol takımı olarak katılmaya karar verdiler. Üçü yakın arkadaştır ve aynı zamanda her biri korkunç bir çocuktur.

Johnny bir yaban adam; ama ayakları yeterince büyüdüğünde Koca Ayak olacak. Onun dağınık, kahverengi saçları olduğunu hatırlarsın. Daha doğrusu her yerinde dağınık, kahverengi tüyler var! Tüy olmayan tek yer palyaçolarınki gibi büyük ve yuvarlak olan burnu. Burnunun ucunda da küçük, kırmızı bir çil bulunuyor. Johnny bu tek çile gözü gibi bakıyor, ama aslında bütün yüzü çillerle kaplı. Sadece bunları tüyleri yüzünden göremiyor, o kadar.

Ramon bir çocuk zombi. Bu da ölü, çürümekte olan bir bedenin içinde yaşayan bir zihin olduğu anlamına geliyor. Vücudundan sürekli parçalar düşüyor; genellikle de parmakları ve kulakları. Çocuklardan biri ne zaman koridorda ya da bahçede bir vücut parçası görse hemen alıp Ramon'a götürüyor, o da tutkalla yerine yapıştırıyor. Zombi beynini canlı tutmak için beyin yemek zorunda. Her türlü beyin işe yarıyor; hatta bir avuç böcek ya da balık beyni bile iş görüyor. İnsan beyni ise tam bir şölen.

Ramon

Peter, hatırlayacağın gibi bir kurt adam. Normal bir çocuk olarak dolaştığında Peter diye çağrılıyor ve okulun en iyi çocuğu oluyor. Kurt olduğunda ise Kurt Peter diye çağrılmaya başlıyor ve okulun en zalim çocuğuna dönüşüyor. On yaşında ve kurda dönüştüğünde kontrolü kaybediyor. Çocuklar ona karşı ekstra iyi davranmaya çalışıyorlar, ama en küçük bir şey ters gittiğinde Peter birden Kurt Peter oluveriyor. O zaman da herkes dikkatli olmak zorunda.

Johnny, Ramon ve Peter çok iyi bir basketbol takımı oluşturuyor çünkü her birinin farklı bir becerisi var. Yaban Adam Johnny sınıfın en uzun boylusu. Bu nedenle de bütün topları kapıyor ve iyi paslar veriyor. Zombi Ramon neredeyse gözü kapalı üç sayılık atışlar yapabiliyor. Peter, yalnızca Peter olduğunda çok kötü. Kurt Peter olduğunda ise metrelerce havaya fırlayabiliyor ve insanların üzerinden atlayıp smaç vurmaya bayılıyor.

Tek sorun Peter'in pençelerinin zaman zaman topu patlatması. Bu yüzden tırnaklarını sürekli törpületmek zorunda kalıyor, yoksa o topa dokunur dokunmaz maç sona eriyor.

Kış tatili bitince üçü her gün teneffüsten, hatta dersler bittikten sonra basketbol antrenmanı yaptılar. Üç kişi olduklarından, hep ikiye karşı bir oynamak zorunda kalıyorlardı. "Bir" olan sürekli yeniliyordu. Antrenmanların ilk haftasında Johnny ve Ramon, Peter'i 4'e karşı 98 sayı ile yendiler. Peter ve Ramon, Johnny'yi 77'ye 12 yendi. Johnny ve Peter ise Ramon'a karşı 145'e 3 galip geldi.

Canavar Matematiği kullanacak olursak Ramon 6 trilyona karşı 243 milyar kaybetmiş oldu.

Antrenman yapmaya, her gün ikiye karşı bir oynamaya devam ediyorlardı. Derken şaşırtıcı bir şey olmaya başladı. Oyunculardan biri her seferinde oyuna asılmak için çok çalışmak zorunda kaldı; böylece üçü de normalden çok daha hızlı gelişme kaydetti. Yalnızca üç haftanın ardından ikiye karşı bir maçlar kıran kırana geçmeye başladı. Johnny ve Ramon, Peter'i 56'ya 53 yendiler. Peter ve Ramon, Johnny'yi 65'e 64 yendi (Ramon'un şanslı üç sayılık atışı sayesinde öne geçtiler.) Ramon da Johnny ve Peter'i 82'ye 74 yendi.

Üçü de formlarının zirvesindeydi ve durdurulamıyorlardı. Hortlak Oyunlarını sabırsızlıkla bekliyorlardı. Ta ki rakiplerinden bir kart alana kadar...

Çığlık Akademisi, onlara karşı oynamak için yıldız basketbol oyuncularını gönderiyordu. Kartta, her oyuncunun basket potasının yanında çekilmiş resmi vardı.

"Yok artık!" dedi Johnny, Ramon ve Peter, karta bakarken.

Rakipleri devdi. Resmen devdi.

Her biri onlar gibi beşinci sınıfa gidiyordu, ama en az iki buçuk metre boyundaydılar. Hiç zıplamadan smaç vurabilecek gibi görünüyorlardı. Johnny, Bayan Sivridiş'in sınıfındaki en uzun boylu çocuk olmasına rağmen boyu yalnızca bir metre altmış santimdi.

"Ne yapacağız, çocuklar?" diye sordu Johnny

"Bilmem," dedi Ramon. "Eğer biraz büyük bir beyin yiyebilirsem bir şeyler düşünebilirim belki."

"Ben tırnaklarımı törpülemekten vazgeçebilirim," dedi Peter. " Topu erken alabilirsem patlatabilirim. Böylece maç sıfır sıfır berabere biter."

"Hadi, bir yolu olmalı," dedi Johnny. "Tıpkı matematik gibi... Her zaman bir doğru cevap vardır."

"Belki tahta ba..." Ramon sözlerini tamamlayamadı, çünkü dili ağzından çıkıp yere düştü. Hemen onu yerden alıp yerine yerleştirdi. "Özür dilerim. Belki tahta bacakların üzerinde oynayabiliriz."

"İçimden bir ses bunun kötü bir fikir olduğunu söylüyor," dedi Peter.

"Evet, bunun hile sayılacağından eminim," dedi Johnny.

"Bir dakika, buldum!" dedi sonra. "Hortlak Oyunlarına kadar her gün gerçekten garip, iğrenç böcekler yiyelim. Böylece devler bizi yediğinde tadımız böcekler kadar iğrenç olur ve belki bizi tükürürler."

"Sanırım bu, yapabileceğimiz en iyi plan," dedi Johnny.

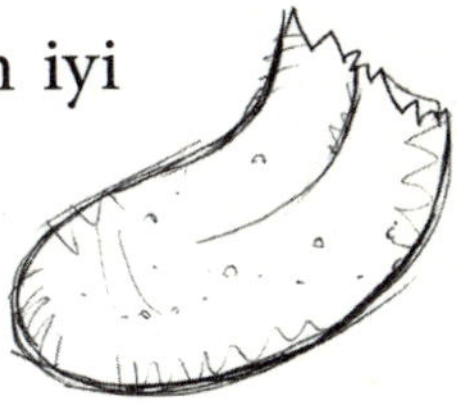

"Katılıyorum," dedi Peter."

Böylece bahçenin etrafında koşarak yiyecek böcek aramaya başladılar.

"Burada bir tane var!" dedi Johnny uçan bir böceği işaret ederek.

Ramon böceğin havada uçtuğunu gördü ve basketbol topunu yedi metre uzaklıktan üzerine fırlattı. Elbette kusursuz bir atıştı. Top, böceğe havada çarptı. Böcek yere düşerken Johnny koştu ve onu sıçrayarak yakalayıp Peter'a pas verdi. Peter smaçla böceği ketçapın içine attı ve hep birlikte iğrenç böcek yemeğinin tadını çıkardılar.

"Tadı berbat," dedi Ramon.

"Biliyorum, mükemmel," dedi Johnny. "Tadımız bunun yarısı kadar kötü olursa kurtulduk demektir."

"Bence çok güzel," dedi Kurt Peter. "Eğer tadınız bunun yarısı kadar güzelse sizi devlerden önce ben yiyebilirim."

17

Jason'ın Maskesi

Jason hayatta iki şeyi sever. Biri hokey. Diğerine birazdan değineceğiz.

Jason, Tuhaflıklar Okulu hokey takımının kalecisidir. Bu konuda çok iyidir, neredeyse hiç gol yemez. Geçen yıl, Tuhaflıklar Okulu hokeyde Serüven Okulu'nu 2-1 yenerek lig şampiyonluğunu kazandı. Jason takım kaptanıydı ve kocaman bir kupa aldı. Baharda, Hortlak Oyunları sırasında düzenlenecek hokey turnuvasını da Tuhaflıklar Okulu'nun kazanacağından emindi ve her gün bunun için antrenman yapıyordu.

O canavarların ne kadar büyük olduğu umurumda değil, diye düşünüyordu. *Beni geçemezler.*

Jason böyle gündüz düşleri görürken Peter onun yanından geçip kolay bir gol attı.

Jason'ın sevdiği ikinci şey, öğretmeni Bayan Sivridiş'tir. Onun yeryüzüne gelmiş en güzel kadın (insan ya da vampir fark etmez) düşünür. Jason, sınıftaki en akıllı çocuklardan biri olmasına rağmen

bazen ödevlerini pek iyi yapamıyor. Bayan Sivridiş de ondan dersler bittikten sonra kalmasını istiyor ve kendisine fazladan ders çalıştırıyor. Jason ikinci denemede başarılı olunca, Bayan Sivridiş ona ders vererek iyi bir iş çıkardığı için mutlu oluyor. Oysa Jason aslında cevapları biliyor zaten.

Jason'ın Bayan Sivridiş'e âşık olduğu özel bir an vardı. Bir gün öğle tatili sırasında hokey oynamayı bitirip sınıfa koşmuştu. Geç kalırsa Bayan Sivridiş'in onun boynunu ısıracağını, bunun da sonu olacağını biliyordu. Sınıfa tam zamanında girmişti, ama aceleden kaleci maskesini çıkarmayı unutmuştu.

Bayan Sivridiş boş bir harita açmıştı.

Jason

“Pekâlâ, çocuklar,” dedi. “Kim gelip haritada Doğu Avrupa’daki ülkelerin isimlerini işaretlemek ister?”

Jason bu ülkeleri ezbere biliyordu, çünkü önceki yaz tatilinde Doğru Avrupa’yı gezmişti. Diğer çocuklarla (Wendy, Lefty ve Maria) ile birlikte o da elini kaldırdı. Ancak başkalarının da gönüllü olmasından rahatsızlık duyduğu için elini iyice yukarıya kaldırmaya çalıştı.

Bayan Sivridiş sınıfa göz attı ve Jason'ı tahtaya kaldırmak istedi. Ancak beyni zihninde tutabileceği maksimum isim sayısına ulaştığı için Jason'ın ismini hatırlayamadı ve, "Sen. Yakışıklı çocuk," dedi.

Jason büyük bir hayal kırıklığıyla elini indirdi. Sonra Fred onu dürttü. "Jason, seni kastediyor."

"Ha?" Daha önce kimse Jason'a yakışıklı dememişti, buna alışkın değildi. Yıllardır hokey oynarken aldığı darbeler nedeniyle yüzünün şekli çok bozulmuştu. Burnu ceviz gibiydi, dişleri de çok az kalmıştı.

Bayan Sivridiş sabırsızlanarak parmağını Jason'a doğrulttu. "Bütün gün bekleyecek halim yok," dedi. "Sınıfın en yakışıklı çocuğu olman, herkesin zamanını boşa harcayabileceğin anlamına gelmez."

İşte o an olanlar oldu.

Jason iskemleden kanguru gibi zıplayarak kalktı. Kalbi daha da yükseklere zıplamıştı. *Benim yakışıklı olduğumu düşünüyor!* dedi kendi kendine.

Sonra ellerini yüzüne götürüp beyaz kaleci maskesini fark etti.

Ah, hayır, diye geçirdi içinden. *Yüzümde hâlâ kaleci maskesi var.* Maskeyi çıkarmak üzereydi ki Bayan Sivridiş'in ona gülümsediğini gördü. Düşünce zinciri devam etti: *Hokey maskesinin benim yüzüm olduğunu düşünüyor. Bu nedenle beni yakışıklı buluyor.*

Jason bundan rahatsız değil, mutlu olmuştu. *Madem kendimi yakışıklı yapmam bu kadar kolaydı, bunu daha önce yapsaymışım keşke!* diye düşündü.

Ne yazık ki bütün bu düşünceler kafasından, Doğru Avrupa ülkelerini haritada işaretlemesi gerekirken geçmişti. Heyecanlanınca her şeyi birbirine karıştırmıştı. Hiçbir ülkeyi doğru işaretleyememişti.

"Çok cesursun," dedi Bayan Sivridiş. "Dersten sonra kal da bunların üstünden geçelim."

Jason gülümsedi, ama tabii kimse bunu görmedi.

Jason, dersten sonra Bayan Sivridiş'in yanına oturduğunda hâlâ gülümsüyordu.

"Şimdi, dikkatini buraya ver," dedi Bayan Sivridiş. Doğu Avrupa'daki bütün ülkeleri saydı. O bitirir bitirmez Jason söz aldı ve ülkeleri kusursuz bir şekilde sıraladı.

"Vay be! Ben gerçekten harika bir öğretmenim!" dedi Bayan Sivridiş kocaman bir gülümsemeyle. "Bugün için sana bir altın yıldız veriyorum."

Jason kendini müthiş hissediyordu. Belki de biraz fazla müthiş. Yoksa bundan sonra söylediklerini söyleme cesaretini asla bulamazdı kendinde.

"Bayan Sivridiş, size bir soru sorabilir miyim?"

"Tabii."

"Benimle evlenir misiniz?"

Bayan Sivridiş kahkahalara boğuldu, Jason da kendini hakarete uğramış hissetti.

"Saçmalama. Seninle evlenmem söz konusu bile olamaz."

"Neden olmasın?" diye sordu Jason.

"Bir kere sen insansın, ben vampirim. İkincisi ben sekiz yüz elli yaşındayım, sense on."

"Neredeyse on bir oldum," dedi Jason umutla.

"Unut gitsin. Sen benim evleneceğim tipte bir adam değilsin."

"Nasıl bir adammış o?"

"Senin gibi çocuk değil, orası kesin. En az dokuz yüz yaşında olan, bana içinde uyumam için kiraz ağacından yepyeni bir tabut alabilecek bir beyefendi istesem çok mu? Umarım böyle biri en kısa sürede karşıma çıkar. Çünkü eski tabutum o kadar rahatsız ki inanamazsın. Şimdi evine git... şey..."

"Jason. Adım Jason."

Jason evine gitti, maskesi hâlâ yüzündeydi. Kimse onun ağladığını görememişti.

İki hafta sonra Jason'ın on birinci doğum günüydü. Babasının ona aldığı armağanın kutusunu açtığında yepyeni bir testereyle karşılaştı.

Jason'ın babası oduncuydu, evlerinin civarındaki ağaçları kesip ailesini geçindirmek için odunları satıyordu. Jason'ın da aile işini devam ettireceğini umuyordu.

Jason ve babası birlikte dışarı çıktılar ve Jason bu işi benimsedi. Biraz alıştırma yapması gerektiyse de çok geçmeden ağaçları babası kadar hızlı kesmeye başlamıştı. Kısa bir süre sonra testereyi herkesten iyi kullanmaya başladı. Hatta bir adım daha ileri gitti ve oymacılıkta da ustalaştı.

O kış, Jason hokey antrenmanlarına gitmedi ve bütün boş vaktini bulduğu özel bir ağacın üzerinde çalışarak geçirdi. Kaleci maskesini hâlâ çıkarmıyordu ve hayatının geri kalanı boyunca da çıkarmayacaktı.

14 Şubat Sevgililer Günü sabahı Bayan Sivridiş uyandığında kapısında yepyeni, çok güzel oymaları olan, kiraz ağacından bir tabut buldu.

Üzerinde not yoktu.

18

Korkunç Bahçe

Sevgililer Günü'nün ardından, Bayan Sivridiş uykusunu daha iyi alıyor gibi görünmeye başlamıştı ve bu nedenle de hep daha keyifliydi. Sınıftakiler pencerelere güneş ışığı resimleri çizmişlerdi. Bu da sınıfa daha parlak ve neşeli bir hava katıyordu.

21 Mart'ta baharın ilk günü geldiğinde, Bayan Sivridiş bir gönüllünün avluyu geçip Korkunç Bahçe'ye gitmesini ve sınıfa bahar çiçeklerinden oluşan bir demet getirmesini istedi.

Jason hemen elini kaldırdı.

Bayan Sivridiş, "Teşekkür ederim, Jason. Orada bir şey ters giderse testeren çok işe yarayabilir. Ama ben aynı zamanda çiçekler konusunda zevk sahibi olan bir kızın da gitmesini istiyorum. Sen gider misin Lindsey?" dedi.

"Saçlarımı yeni kestirdiğimin farkında değil misiniz?" diye karşılık verdi Lindsey gözlerini devirerek. "Rüzgârın saçlarımı dağıtıp mahvedeceğini bile bile dışarı çıkamam."

"Bunu senden istediğim için özür dilerim. Petunya, ya sen?"

"Petunya toplamak zorunda kalmayacaksam olur," diye cevap Petunya. "Petunyalardan nefret ediyorum."

"Peki. İki kişi oldu. Başka gitmek isteyen?"

Petunya'nın gideceğini duyar duymaz Johnny, Peter ve Ramon da ellerini kaldırdılar.

"Tamam, Johnny, sen git. En uzun boylu sen olduğuna göre ağaçların üst dallarından sarkan çiçeklere yetişebilirsin."

Peter hemen Kurt Peter'e dönüştü ve havlar gibi konuşmaya başladı. "Ama ben de kurtken metrelerce yüksekliğe sıçrayabiliyorum."

"Ama eğer seni seçersem amacına ulaşmış olursun ve hemen normal Peter'e dönersin. O zaman da pek fazla işe yaramazsın."

Peter homurdanarak kollarını göğsünde kavuşturdu.

Bayan Sivridiş devam etti. "Petunya'nın başına bir şey gelirse diye bir kıza daha ihtiyacım var."

Petunya'nın tek arkadaşı olan ve adı Rachel diye okunan Frank elini kaldırdı.

"Teşekkür ederim, Frank," dedi Bayan Sivridiş. "Bu kadar yeterli. İşi eğlenceli hale getirelim. Bir saatten kısa bir sürede sağ salim dönenler ev ödevi yapmak zorunda kalmayacak."

Sınıftakiler homurdandı. Ödev yapmak zorunda olmayacaklarını bilselerdi hepsi hayatlarını riske atma pahasına da olsa gönüllü olurdu.

Jason, Petunya, Johnny ve Frank koridoru geçip okul bahçesine doğru yürüdüler. Korkunç Bahçe okul bahçesinin sonunda, tehlikeli bitkilerin öğrencilere saldırmasını engelleyen yüksek, beyaz bir çitin arkasındaydı. Çitte öğrencilerin dikkatli olmasını gerektiren delikler vardı, çünkü kimi zaman aç bir bitki kendine güzel bir yemek kapmak için delikten uzanabiliyordu. Neyse ki bu çok sık olmuyordu.

Koridorda yürürken Frank görünmez ipiyle atlıyor ve yüksek sesle sayıyordu. "Bin beş yüz altmış altı, bin beş yüz altmış yedi, bin beş yüz altmış sekiz..."

Johnny, Petunya'nın yanında yürüyordu.

"Bu kadar yakınımda yürüme," dedi Petunya ona. "Pirelerin bana geçsin istemiyorum."

"Ama daha dün gece pire banyosu yaptım," dedi Johnny.

Jason homurdandı. "Frank! İp atlamayı keser misin lütfen? Dikkatimizi dağıtacaksın!"

"Bana ne!" dedi Frank. "Ben bazılarının aksine, Hortlak Oyunları için antrenman yapıyorum. Birinin yemeği olmak istemiyorum."

"Eğer dikkatli olmazsan şu anda olacak olan da bu," dedi Jason. "Bu saatte okul bahçesinin öbür tarafına gitmek güvenli değil."

Birlikte arka kapıda durup okulun bahçesine baktılar. Hepsi, sanki uçaktan atlayacakmış gibi gerilmişti.

"Hadi, halledelim şu işi," dedi Jason.

Dördü, bahçenin öbür ucuna doğru yürümeye başladılar. Etrafta koşuşturan çocuklar olmadığı için ortalıkta tam bir ölüm sessizliği vardı. Sol tarafta oyun aletleri bulunuyordu. Cinler, Cadılar Bayramı'nda gülleyle her şeyi yıkıp geçtikten sonra üç ay uğraşıp yeniden yapmışlardı burayı. Sağ taraflarında ise inşaat halindeki bir eve benzer bir şey gördüler. Jacqueline adında bir üçüncü sınıf öğrencisi çatıda çivi çakıyordu.

"Ne yapıyorsun?" diye bağırdı Petunya.

"Kardeşim Hayalet Derek için perili ev yapıyorum," diye karşılık verdi Jacqueline. "Kendisi şu anda evsiz bir hayalet."

"Ne şanslısın. Keşke benim kardeşim de hayalet olsaydı," dedi Jason.

Dört öğrenci, oyun alanının yanında yürümeye devam etti. Burası Tuhaflıklar Okulu'nun en eğlenceli, ama aynı zamanda en ölümcül alanlarından biriydi. Bir sonraki kitapta bundan çok daha fazla söz edeceğiz. Oyun alanını cinler inşa ettiğinden beri Tuhaflıklar Okulu öğrencilerinin içinden bir ses cinlerin kendi bölgelerini Cin Tepesi'nin ötesine doğru genişletmek için onlardan kurtulmaya çalıştıklarını söylüyordu.

Dörtlü, en az on metre yüksekliğindeki tırmanma demirlerinin yanından geçip sıcak lav havuzunun üzerinden atladı. O tırmanma demirlerine tutunurken elinin kaymasını istemezsin. Sonra atlıkarıncanın yanından geçtiler. Eğer o alete binecek kadar cesursan sıkı tutunsan iyi olur, çünkü atlıkarıncanın sahibi olan kötü ruh üzerine binilmesinden hiç hoşlanmıyor. Seni öyle hızlı döndürür ki uçup havalanabilir, sonra da metrelerce öteye inebilirsin. Böyle bir şey olursa bataklık kumu kutusuna, yılan çukuruna, kertenkele tarlasına ya da bin çığlık kuyusuna ya da... her neyse, anladın işte... inmemek için dua etsen iyi olur.

Jason, Petunya, Frank ve Johnny okulun korkunç tuzaklarından ustaca kurtulmayı başardı. Tam tekinsiz salıncağın yanından dönerken hepsinin tüyleri diken diken oldu ve ürperdiler. Dehşet Çadırı'nın önünde duruyorlardı ve en üst dallara tünemiş olan canlı taş heykeller onları fark etmişti.

"Şunlara bakın!" dedi heykel Gary. "Şu anda sınıfta olmaları gerekirdi. Yakalayalım onları!"

"Of, çadıra girmeye çalışacak gibi görünmüyorlar, Gary," dedi heykel Larry.

"Kimin umurunda? Kurallara karşı geliyorlar işte. Açlıktan da ölüyorum!" dedi Gary.

"İkna oldum," dedi Lary. "Hadi."

Larry ve Gary çadırın üzerinden havalanıp çocuklara doğru uçtu. Onlar atlar atlamaz Harry ve Barry kardeşler de çatıdan atlayıp ikisini takip etti.

"Yukarı bakın!" diye bağırdı Johnny, kendilerine doğru uçan taş heykelleri işaret ederek.

Heykel Gary, Jason'a doğru süzüldü. Jason testeresini çıkardı, Gary onu yakalamaya gelirken havaya zıpladı ve canavar heykeli testeresiyle ikiye ayırdı.

Larry, Petunya'ya yaklaşırken onun kafasını koparmayı hedefliyordu. Ama Petunya şapkasını çıkardı, Anında kafasından bir arı sürüsü uçtu ve heykel Larry'ye saldırdı. Heykellerin arı sokmasına karşı müthiş bir alerjileri vardır; Larry de oracıkta ölüverdi.

Harry, adı Rachel diye okunan Frank'ın üzerine gitti. Frank hayali ipini alıp Harry'ye fırlattı. Hayali ip Harry'nin boynuna dolandı. Havasız kalan taş heykel de ölüp yere serildi.

Barry'nin hedefi Johnny idi. Yaban adam Johnny, on adam gücündeydi ve aslan kadar da vahşiydi. Barry daha en başından lanetliydi. Johnny, heykeli pullu ayaklarından yakaladı, çember gibi çevirdi, çevirdi ve frizbi gibi havaya fırlattı. O kadar yükseğe fırlatmıştı ki zavallı heykel yeryüzünün atmosfer tabakasına çarpıp buz kesildi. Sonra da gerisin geri düştü ve güm diye Dehşet Çadırı'nın tepesine indi. Barry taş gibi kaskatı olduğundan normal bir taş heykele dönüştü. Dört heykel de böylece

hayatlarının en önemli dersini almış oldular: Bir şey gerçek olamayacak kadar iyi görünüyorsa genellikle öyledir.

Diğer heykeller Larry, Gary, Harry ve Barry'nin başına gelenleri görünce öğrencilere saldırmadılar, aynı kaderi yaşamak istemiyorlardı. Bunun yerine pençeleriyle mezarlarkazıp arkadaşlarını gömdüler. Sonra beyaz çitin üzerinden Korkunç Bahçe'ye uçup çiçek toplamaya gittiler.

Canlı taş heykeller Gary, Larry ve Harry'nin mezarlarına güzel çiçekler koyduktan sonra tekrar çadıra uçtular.

"Hey," dedi Jason mezarlara bakarak. "Şu güzel çiçeklere bakın. Eğer bunları Bayan Sivriş'e götürürsek Korkunç Bahçe'ye girmemize gerek kalmaz."

"Emin misin?" diye sordu Petunya. "Korkunç Bahçe'de çılgın bir macera yaşayacağımızı sanıyordum ben."

"Ben de," dedi Johnny.

"Ben emindim," dedi Frank.

"Bakın," dedi Jason, "hepimiz Korkunç Bahçe'ye gideceğimizi sanıyorduk. Ama neden bu zahmete katlanalım ki? Heykeller bizim yerimize işi hallettiler zaten."

"Sanırım işler planladığımız gibi gitmiyor," dedi Petunya.

"Oraya daha sonra mı gideceğiz?" diye sordu Johnny.

"Nereden bileyim? Kimim ben, Hayalet Derek mi?" diye karşılık verdi Jason alayla.

Jason, Petunya, Frank ve Johnny çiçekleri alıp Bayan Sivridiş'in sınıfına götürdüler. Bayan Sivridiş, onların on dakikadan kısa bir süre içinde sağ salim geri dönmelerine çok şaşırdı ve dördünün de ev ödevlerini yapmalarına gerek olmadığını söyledi. Korkunç Bahçe'de hayatta kaldıkları için kahraman olmuşlardı.

Hiçbiri, asıl olup biteni anlatmaya cesaret edemedi.

19

Penny Ceset

Penny Ceset, Bayan Sivridiş'in sınıfındaki en sessiz kızdı. İki yılı aşkın süredir kimseyle tek kelime konuşmamıştı ve bundan hiç rahatsızlık duymuyordu. Kısa, siyah saçları ve kendisine olağanüstü bir gece görüşü sağlayan iri, yuvarlak gözleri vardı.

Penny Ceset'in Tuhaflıklar Okulu'nda hayatta kalmak konusunda kendine özgü bir yöntemi vardı.

Ne zaman başı derde girse kendini yere atıyor ve ölü numarası yapıyordu. Böylece öfkeli öğretmen ya da canavar onu yok sayıyordu. Penny Ceset de yaşamaya devam edebiliyordu.

Bu konuda o kadar başarılıydı ki Hortlak Oyunlarına ölü numarası ile katılmaya karar verdi.

Penny sınıfta hiç konuşmuyordu. Bayan Sivridiş ne zaman onu tahtaya kaldırsa Penny yere düşüp ölmüş gibi yapıyordu. Böylece soruya cevap vermek zorunda kalmıyordu. İlk birkaç seferde annesiyle babası onun cesedini almaya gelmek zorunda kalmıştı. Ertesi gün Penny hiçbir şey olmamış gibi okula gelmişti. Kimse buna şaşırmıyordu artık. İlk haftadan sonra Bayan Sivridiş de onu tahtaya kaldırmaktan vazgeçmişti.

Bir gün, Bayan Sivridiş Penny'den Dr. Ejdernefesi'ne bir not götürmesini istedi.

Penny

Penny sınıfa girdi ve Dr. Ejdernefesi'nin dersini böldü. Onun notu vermesine fırsat kalmadan Dr. Ejdernefesi, "Sen konuşmadan şunu öğütleyeyim, canım. Tahtadaki beş kuralı okusan iyi olur, böylece yenmene neden olacak yanlış şeyler söylemezsin," dedi.

Penny konuşmayı planlamıyordu, ama yine de beş kuralı okumaya başladı. Charles Yengelen ona el sallayıp onu uyarmaya çalışıyordu, ama Penny onu dikkate almadı ve Beş Numaralı Kural'ı okudu. Okur okumaz da başının büyük dertte olduğunu anladı.

"Üzgünüm, küçük kız. Benim sınıfımda benim kurallarıma uymak zorundasın," dedi Dr. Ejdernefesi gözlüklerini çıkararak.

Kanatları gömleğinden fırlayan Dr. Ejdernefesi, Penny'ye doğru uçtu. Ama yanına gittiğinde onun zaten ölmüş olduğunu gördü. Penny'nin ölü numarası yaptığını anlamadı. Kız kalp atışlarını bile durdurmayı başarmıştı ve vücudunu tamamen hareketsiz hale getirmişti. Böylece hiçbir hayat belirtisi göstermiyordu.

"Ah, zavallı kız kalp krizi geçirdi galiba. Artık onu yiyemem, çünkü tam anlamıyla taze değil. Ölü insanlar çok sert oluyorlar. Charles, onu koridora çıkarır mısın? Odayı kokutmasın."

"Tabii efendim," dedi Charles Yengelen ve Penny'yi sürükleyerek koridora çıkardı. Penny kapıdan çıkar çıkmaz derin bir soluk alarak ayağa fırladı. Charles az kalsın korkudan ölüyordu. Hemen yerinden fırlayan üç tel saçını düzeltti.

Penny parmağını dudaklarına götürerek Charles'a sessiz olmasını işaret etti.

"Tamam," dedi Charles. "Kimseye bir şey söylemem."

Penny, Dr. Ejdernefesi'nin notunu Charles'a verdi ve oradan koşarak uzaklaştı.

Ertesi gün Penny, kendisini Beş Numaralı Kural hakkında uyarmaya çalıştığı için teşekkür etmek amacıyla Charles'a bir parça şeker verdi. Ama konuşmadığı için, şekeri verdiğinde Charles bunun ne için olduğunu anlamadı. Dolayısıyla o da ertesi gün teşekkür için bir parça şeker getirdi. Penny onun kendisine neden şeker verdiğini anlamamıştı. Berabere olduklarını düşündü ve ertesi gün başka bir şeker getirdi. Her gün birbirlerine bir parça şeker verdiler, ama bunu neden yaptıklarını bilmiyorlardı.

Tuhaflıklar Okulu'nda Bir Nisan günüydü. Hortlak Oyunlarına bir aydan biraz fazla zaman vardı.

Penny Ceset, sınıf arkadaşlarından bazılarının "yeni gelen çocuğa" Bir Nisan şakası yapacaklarını duydu. Charles Yengelen'i kastettiklerini biliyordu. Charles'ı bir şekilde Bay Örümcekgöz'ün odasına gitmeye ikna edeceklerdi. Çok kötü oldukları için oraya gönderilen çocukların genellikle sağlam çıkamadıkları bir yerdi burası.

Hatırlayacağın gibi, Bay Örümcekgöz kafasının her iki tarafında yüzlerce gözü olan sert koridor gözlemcisi. Karısı ise Bayan T. Bay Örümcekgöz çok fazla göze sahip olduğu için aydınlık yerlerde çok uzun süre kalırsa başı ağrıyor. Bu nedenle odasını zifiri karanlık tutuyor ve bu ona çok iyi geliyor. İçerisi hep kapkaranlık olduğu için kimse odasının nasıl bir yer olduğundan tam olarak emin değil.

Öğle yemeği sırasında Lindsey'in arkadaşlarından biri olan Stephanie, Charles Yengelen'e hemen Bay Örümcekgöz'ün odasına gitmesini söyleyen bir not verdi.

Aman ne güzel, diye düşündü Charles. *Bu kez ne yaptım acaba? Yanlış renkte çorap mı giydim?*

Charles masadan kalktı ve yemekhaneden çıkıp Bay Örümcekgöz'ün odasına gitti. Lindsey'in bütün arkadaşları kıkırdamaya başlamıştı. Penny Ceset de yemeğini bırakıp Charles'ın peşinden çıktı.

Penny, Charles'ın tek arkadaşı olduğunu düşünüyor ve onun başına kötü bir şey gelmesini istemiyordu. Charles ise Penny'yi arkadaşı olarak görmüyordu. Yeterince havalı ve çekici bulmadığı için Penny'nin onunla hiç konuşmadığını sanıyordu. Charles, Bayan Sivridiş'in sınıfında olmadığından Penny'nin aslında hiç kimseyle konuşmadığını bilmiyordu.

Charles koridorda yürürken Penny koşarak onun önüne geçti ve zıplamaya, kollarını sallamaya başladı. Onu durdurmak için bir tür dans ediyordu.

Ama Charles onun kendisinin sıska kollarıyla dalga geçtiğini düşündü ve yürümeye devam etti.

Charles, Bay Örümcekgöz'ün kapısının önünde durduğunda Penny onu geri çekmeye çalıştı, ama Charles ondan uzaklaşıp kapıyı açtı.

İçeri bir ışık dalgası girdi. Bay Örümcekgöz ıslık çalar gibi bir ses çıkardı ve bir an Charles ile Penny Bay Örümcekgöz ile başka bir adamı daha gördüler. Diğer adam zayıftı. Kır saçları, gözlükleri ve gri takım elbisesi vardı. Charles ve Penny karanlıkta onu tanıyamadılar ama siz, benim zehir gibi okuyucularım, onun Hortlak Oyunlarının başkanı Franz Dietrich Kurtuluması olduğunu anladınız tabii.

Dietrich Kurtuluması onun yanında duruyordu. İkisi bardaklardan kan içiyormuş ve şişte yarasa yiyormuş gibi görünüyorlardı.

Bay Örümcekgöz tiz bir ıslık çaldı. "Burada ne arıyorsunuz?"

"Beni görmek istediğinizi söyleyen bir not aldım," dedi Charles.

"Sen mi?" dedi Bay Örümcekgöz. "Her gün her saniye her kuralı harfi harfine uyguluyorsun. Neden seni görmek isteyeyim ki? Sanırım biri sana Bir Nisan şakası yapıyor."

"Ah, tamam," dedi Charles. "Gideyim o zaman."

"Bir dakika," dedi Franz Kurtuluması. "Bu ikisi bizi birlikte gördü. Onların gördüklerini herkese anlatmalarına izin veremeyiz."

"Haklısın, Franz. Üzgünüm çocuklar, bugün sizin şanssız gününüz anlaşılan."

Bay Örümcekgöz örümcek ağından uzaklaştı ve birden dev bir örümceğe dönüştü. Franz Kurtuluması gözlüklerini ve kravatını çıkardı ve dev bir kurt adam haline geldi. Penny normalde hemen oracıkta ölü numarası yapardı. Şimdi ise tek düşündüğü Charles'ı kurtarmaktı.

Penny kapının kolunu çevirmeye çalıştı, ama kapı kilitliydi.

"Lütfen," diye yalvardı Charles. "Hiçbir şey söylemeyeceğiz. Bunu kural haline getirin, mutlaka uyarım ben."

"Üzgünüm," dedi Franz Kurtuluması. "Bu riske giremeyiz ve Hortlak Oyunları ile ilgili planımızı tehlikeye atamayız."

Bay Örümcekgöz ve kurt adam Kurtuluması çocukların üzerine atıldı. Tam çocuklar parçalara ayrılmak üzerelerdi ki Penny içinde yıllardır hissetmediği bir şey hissetti.

Sesi.

Ses karnında şöyle bir döndü ve çığlık atarken ağzından dışarı fırladı. "Hayırrrr!"

Çok uzun yıllardır konuşmadığı için sesi bütün bu süre boyunca içinde birikmişti. Gökyüzünde yükselen on jet uçağının gücünde patladı.

Penny'nin sesi o kadar güçlüydü ki Bay Örümcekgöz ve Franz Kurtuluması sanki Cadılar Bayramı'ndaki cin gösterisinde kullanılan güllenin darbesini yemiş gibi arka duvara doğru gerisin geri uçtular. Yıldızları sayarak yere düştüler ve anlaşılmaz bir şeyler mırıldandılar.

Penny masanın üzerinde gördüğü bir grup anahtarı kaptı. Kapıyı açıp Charles'ı çekiştirerek koridora çıkardı. Olabildiğince hızlı bir şekilde yemekhaneye doğru koştular. O sırada Penny köşeden gelen bir kükreme duydu ve Charles'ı 217 ve 218 numaralı dolapların arasındaki boşluğa çekti. Burası, zor durumda kalan çocukların kullandığı bir gizlenme yeriydi.

Oturup biraz soluklanmaya çalışırlarken Charles saçlarını düzeltmek için elini kaldırdı, ama o daha saçlarına dokunamadan Penny onları düzeltmişti bile.

Sonra Penny, Charles'a gülümsedi ve Charles da kendi standartlarına göre çok garip bir şey yaptı. Eliyle saçlarını dağıttı, hatta darmadağınık hale getirdi. Sonra, "Düzeltsene," der gibi Penny'ye sırıttı.

Penny güldü. Charles da hatırlayabildiği kadarıyla hayatında ilk kez kahkaha attı.

“Orada ne oldu?” diye sordu Charles kahkahalarının arasında. “O kadar karanlıktı ki göremedim.”

Penny yeni kavuştuğu sesiyle ve mutlulukla ona Bay Örümcekgöz’ün odasına olan her şeyi anlattı. Charles Penny’nin söylediklerinin tek kelimesini bile duymadı, çünkü onun müthiş çığlığı yüzünden hâlâ kulakları uğulduyordu.

20

Lindsey Bir Ders Alıyor

Lindsey'in uzun, sarı saç örgüleri vardı ve Tuhaflıklar Okulu'nun en güzel kızı olduğundan emindi.

Lindsey en güzel kız olduğunu düşündüğü için aynı zamanda en popüler de olması gerektiğine inanıyordu. Oysa gerçekte kimse ondan hoşlanmıyordu, çünkü Lindsey hep herkesten daha iyi olduğuna inanıyormuş gibi görünüyordu.

Lindsey'in Stephanie ile Maria'dan başka arkadaşı yoktu. Onlar da pek akıllı değildi ve Lindsey kendisinin okulun en popüler kızı olduğunu söylediğinde ona inanıyorlardı. Lindsey ile arkadaşlık etmenin onları da popüler yapacağını sanıyorlardı.

Bunun tam tersi bir etki yaratacağını anlayacak kadar zeki değillerdi.

Lindsey

Okulun ilk günü Lindsey, Stephanie ve Maria teneffüste seksek oynamaya koşmuşlardı. Oraya ilk onlar vardılar ve Bir Numaralı Seksek Kortu'nu kaptılar. Burası gölgede olan tek yer olduğu için en iyi seksek kortuydu. Lindsey bir parça pembe tebeşir aldı ve isimlerini asfalta seksegin yanına yazdı. LINDSEY, STEPHANIE ve MARIA. Sonra bütün bahçeye bağırdı. "Dinleyin millet! Burası benim seksek kortum, çünkü ilk ben geldim! Yılın geri kalanı boyunca burayı ben kullanacağım! Benim iznimi almadan başka kimse kullanamaz! Anlaşıldı mı?"

Stephanie ve Maria kollarını göğüslerinde kavuşturup sanki söylenenleri daha sıkı tembihlemek ister gibi etrafa tehdit dolu bakışlar fırlattılar.

Herkes Lindsey'in böyle cesur bir iddiada bulunabildiğine göre sert ve korkunç bir çocuk olduğunu düşünüp başlarını salladı.

"Onun harpia⊠ olduğuna dair bahse girerim," dedi Fred, Jason'a.

"Mümkün değil," dedi Jason. "Medusa olmalı. Sakın gözlerinin içine bakma, yoksa seni taşa çevirir."

"Evet, bahse girerim öyle," diye karşılık verdi Johnny.

"Evet, kesinlikle Medusa," dedi Fred.

Lindsey'in genç Medusa olduğu söylentisi hızla yayıldı ve oyun parkındaki kimse ona bakmaya cesaret edemedi.

"İşe yaradı," dedi Lindsey, Stephanie ile Maria'ya. "Görüyorsunuz ya, en popüler kız olduğunuzda size böyle saygı gösteriyorlar işte."

"Im... kimse bize bakmıyor," diye homurdandı Maria.

"Elbette," dedi Lindsey. "Çünkü çok güzeliz. Kendilerinin ne kadar çirkin olduğunu hatırlamak istemiyorlar."

"Ah. Doğru."

Lindsey'in sevdiği bir diğer şey (seksek dışında) danstı. Her gün okuldan sonra dans dersleri alıyordu. Tuhaflıklar Okulu'nda yeteneklerini sergilemesine fırsat verecek dans dersleri olmamasına çok üzülüyordu. Bu nedenle de mayıs ayının başında bir pazartesi sabahı Müdür Kafaezen şu duyuruyu yaptığında çok heyecanlandı:

"Çocuklar, bildiğiniz gibi Hortlak Oyunları gelecek hafta başlıyor. Saygıder Bay Kurtuluması bana diğer korkunç okullardan öğrencilerin bu hafta bizi ziyaret edeceğini ve sizinle birlikte derslere gireceğini bildirdi. Bu değişim, cuma gecesi Dehşet Salonu'nda düzenlenecek Lanet Dansı adında bir dans partisiyle son bulacak. Sizden bu hafta korkunç konuklarımıza nazik bir şekilde ev sahipliği yapmanızı ve onların rahat etmelerini sağlamanızı bekliyorum. Bu kadar."

Lindsey heyecanını gizlemekte zorlanıyordu. Dansı duyunca avazı çıktığı kadar, "Evet!" diye bağırdı. Kafasından bir sürü düşünce geçiyordu. "Yeni bir elbise, yeni ayakkabılar almak ve saçlarımı kestirmek için sabırsızlanıyorum. Ah beni kim davet edecek acaba… Herkesin davet edeceğinden eminim de… Kime evet diyeceğim?"

O sırada içeri üç canavar girdi. Üçü de birbirinden çirkindi.

"Avoo-aloo!" dedi canavarlar.

"Avoo-aloo!" diye karşılık verdi sınıftakiler. Canavarlar da ters taklalar attılar.

"Selam, ben Pop-Lop," dedi birinci çirkin canavar.

"Selam, ben Dorba," dedi daha çirkin olan canavar.

"Selam, ben Gırk," dedi en çirkinleri.

"Hoş geldiniz," dedi Bayan Sivridiş. "Sanırım siz diğer korkunç okullardan gelen konuk öğrencilersiniz."

"Evet. Umacı Okulu'ndan geliyoruz. Burada ders alacağız. Oturmamız gerek."

Böylece canavarlar öğrencilerin arasına katıldı. Komik konuşmalarına rağmen diğer öğrenciler kadar akıllı görünüyorlardı.

"Altın Fener meselesi yüzünden özür dilerim," diye fısıldadı Jason, Pob-lob'a. "Umarım bize çok kızmamışsınızdır."

"Ha?" dedi Pop-Lob. "Ah, evet! Altın Fener Koşusu'na engel olduğunuz için teşekkür ederiz. Bu, yarışmada aptal feneri taşırken canavarları troller tarafından ezilmekten kurtardı. Bunun için size minnettarız."

Ders sona erdiğinde Lindsey, Stephanie ve Maria ile seksek kortunda buluştu. Hemen dansın ayrıntılarını ve kiminle gitmeyi umduklarını konuşmaya başladılar. Sonra üç canavar seksek kortuna gelip doğruca Lindsey'e baktılar. Dokuz aydır ilk kez Stephanie ve Maria dışında birileri Lindsey'e bakıyordu. Lindsey biraz şaşırmıştı.

"Sizinle hop-hop oynasak insanlar," dedi Pob-Lob.

"Iyy," dedi Lindsey. "Belki fark etmemişsinizdir, ama biz okulun en güzel kızlarıyız."

"Siz de diğer insanlar kadar çirkinsiniz," dedi Gırk.

"Her neyse. Siz fark etmemiş olsanız da biz kesinlikle en güzel kızlarız ve sizin gibi çirkin canavarlarla oyun oynamayız. Gidip kendinize hop-hop oynayacak başka ucubeler bulun."

Üç canavarlar *hırrrrrr*ladı ve oradan uzaklaştı. Sonra Rachael ve Raychel ile keyifli keyifli seksek oynadılar.

Perşembe öğleden sonrasıydı. Lanet Dansı'ndan önceki gündü ve kimse Lindsey'i dansa davet etmemişti. *Çok güzel olduğum için hayır diyeceğimi sanıyorlar ve bana teklifte bulunmaktan korkuyorlar,* diye düşünüyordu Lindsey. *Sanırım benim birini davet etmem gerekecek.*

Fred'i koridorda yakaladı ve, "Bugün şanslı günündesin, Fred. Seni benimle Lanet Dansı'na katılmaya davet ediyorum," dedi.

"Üzgünüm," dedi Fred. "Ben Rachael ile gidiyorum."

"Ah, benim için onu ekmek istemediğinden emin misin?"

"Evet, eminim," dedi Fred Lindsey ile göz göze gelmemeye çalışarak.

Sonra Lindsey Jason'a teklif etti ama o da adı Rachel diye okunan Frank ile gidiyordu. Johnny Petunya ile gidecekti. Peter Cindy Chan'ı, Ramon Wendy Crumkin'i davet etmişti. Herkes birini bulmuştu bile!

Yemek sırasında Lindsey, *Bunu yaptığıma inanamıyorum!* diye düşünerek sıska, inek Charles Yengelen'in yanına gidip onu dansa davet etti.

"Üzgünüm," dedi Charles. "Ben Penny Ceset ile gidiyorum."

Cuma günü teneffüste Lindsey, Stephanie ve Maria ile seksek oynuyordu.

"Sanırım dansa birlikte gitmek zorunda kalacağız," dedi Lindsey.

"Aslında," dedi Stephanie, "ben Benny Porter ile gidiyorum. Az önce zombi olarak geri döndü."

"Evet, ben de Antonio ile gidiyorum. Kendisi altıncı sınıfta bir vampir," dedi Maria.

"Demek ikinizin de randevusu var. ama benim yok, öyle mi?" dedi Lindsey hayretle.

"Evet."

Lindsey çok öfkelendi ve bütün okul bahçesine bağırdı. "Hiçbiriniz benim ne kadar güzel olduğumun farkında değil misiniz?"

Sonra gözyaşlarına boğulup koşarak okulun bahçesinden çıktı. Dolapların arkasında bir köşeye kıvrılıp ağlamaya devam etti.

Sonunda biri gelip onu buldu. Lindsey başını kaldırıp baktığında Stephanie ya da Maria'yla karşılaşmayı bekliyordu, ama karşısında konuk öğrenci olan canavarların en çirkini Gırk'ı buldu. Canavarın yüzü çiğ brokoliye benziyordu. Çipil çipil gözleri, domuzu andıran bir burnu ve çatal bir dili vardı.

"Ne oldu, insan kız?" diye sordu Gırk.

"Sana ne?" diye terslendi Lindsey.

"Benim adım Gırk," dedi canavar. "Lanet Dansı'na Gırk'la gitsen mi?"

Lindsey başını kaldırıp ona baktı ve öğürdü.

"Öğ!" dedi. "Sen hayatımda gördüğüm en çirkin şeysin. Seninle gitmektense tek başıma gitmeyi tercih ederim! Teşekkürler!"

"Tamam," dedi Gırk. "Gırk anladı. Ama Gırk'a bir iyilik yapsan mı?"

"Nedir?"

"Gırk'a canavar dansının güzel olup olmadığını söyle."

Lindsey kıkırdayarak gözlerini devirdi. "Tamam," dedi.

Gırk yere bir müzik çalar koyup açtı. Popüler şarkılardan biri duyuldu ve canavar dans etmeye başladı.

Lindsey'in ağzı bir karış açık kaldı. Canavar inanılmazdı. Justin Timberlake ve Usher'ın birleşiminden daha iyiydi. Lindsey hiç böyle bir şey görmemişti.

"Müthiş. Bütün canavarlar dans konusunda senin kadar iyi midir?" diye sordu.

"Hayır," dedi Gırk. "Gırk dans etmeyi seviyor sadece. Kimse Gırk kadar güzel dans etmez."

"Şahanesin," dedi Lindsey. Sonra ayağa kalktı ve Gırk'a kendi hareketlerini göstermeye başladı.

"Vay be!" dedi Gırk. "Sen de iyi dansçısın!"

"Teşekkürler! Dansa kesinlikle beraber gitmeliyiz."

Lindsey bunu söylediğine inanamıyordu. Gırk'la dans etmeyi bırakmak istemiyordu.

"Ama hayır demiştin," dedi Gırk.

"Şaka yapıyordum," diye yalan söyledi Lindsey. "İnsanlar bunu bazen yapar."

"Ah. Tamam. Oldu!"

O gece Gırk ve Lindsey Dehşet Çadırı'ndaki Lanet Dansı'na birlikte gittiler. Lindsey'in üzerinde yeni beyaz elbisesi, ayaklarında yeni kırmızı ayakkabıları vardı. Gırk da parlak mavi bir takım giymişti.

Onlar içeri girip dans pistine çıktıklarında kıkırdamalar oldu. Kimse ikisinin birlikte geldiğine inanamıyordu.

Sonra müzik başladı. Lindsey ve Gırk el ele tutuşup birlikte dans etmeye başladılar. Kıkırdamalar kesildi, bütün kalabalık onların etrafında halka oldu .Gırk ile Lindsey'in daha önce hiç görmedikleri kadar müthiş dansını izliyorlardı. Bağıranlar, tezahürat yapanlar, el çırpanlar vardı. Kimse tanık oldukları bu çok özel gösteriye inanamıyordu.

Şarkı biterken, Gırk Lindsey'i on metre havaya fırlattı ve onu topaç gibi çevirdi. Lindsey'in elbisesi öyle hızlı döndü ki onu helikopter gibi havada tuttu. Lindsey, alkışlar ve hayranlık çığlıkları arasında çadırın çevresinde uçtu. Sonra Gırk'a doğru indi. Şarkı bittiğinde Gırk onu dramatik bir kapanış hareketiyle yakaladı.

Lindsey hayatında ilk kez gerçekten okulun en popüler kızı olmuştu.

Danstan sonra Lindsey Gırk'ı öperek ona iyi geceler diledi. Gırk'ın yüzü kıpkırmızı oldu. Bunu gören Lindsey kahkaha attı.

O günden sonra da kimseyi görünüşüne göre yargılamadı.

Okulun son ayında Lindsey'in daha önce hiç olmadığı kadar çok arkadaşı oldu.

21

Hortlak Oyunları Haftası

Bayan Sivridiş Tuhaflıklar Okulu'nun en hoş öğretmeni olmasının yanı sıra dünya çapında bir satranç oyuncusudur. Geçen yaz, Vampir Dama Oyuncuları Şampiyonası'na katılmak üzere memleketi olan Transilvanya'ya gitmişti.

Şampiyonada finale kaldı ve büyük ödül için beş kez şampiyon olan Kont Damakula ile eşleşti. Sonunda Kont'un beş damasına karşılık kendisinin tek taşı kalmıştı. Müthiş bir hamleyle dörtlü bir atlayış gerçekleştirdi ve oyunu kazanabilecek duruma geldi. Ancak bir sorun vardı: Süper vampir hızıyla hareket ettiği için hareketleri insanların gözüne bulanık görünüyordu. O heyecanının arasında son taşa vurdu ve taş mermi hızıyla fırladı.

Uçan taş duvarlara ve direklere çarparken vampir kalabalığı yoldan çekiliyordu. Bayan Sivridiş taşı yakalamaya çalıştı, ama ellerinden kayan taş sol sivri dişine çarptı ve diş kadının ağzından fırladı. Bayan Sivridiş yalnızca dişini değil, oyunu da kaybetti. Çünkü taşı tahtadan aşağı düşürmek vampir damacılar arasında diskalifiye nedeni sayılıyordu.

Bayan Sivridiş yıkılmıştı. Bu yüzden okulun ilk günü çok keyifsizdi.

Ancak yıl içinde dama kulübündeki öğrencileri, Wendy Crumkin kaptanlığında eyalet şampiyonluğunu kazanınca keyfi yerine geldi. Şimdi Hortlak Oyunlarında son bir sınavdan geçeceklerdi. Transilvanya'daki Kanington Okulu'ndan gelen, dünyanın bir numaralı dama takımıyla karşılaşacaklardı.

10 Mayıs, Hortlak Oyunlarının ilk günüydü.

O günden önceki hafta her açıdan çok büyük bir başarı olmuştu. Farklı korkunç okullardan gelen öğrenciler iyi anlaşıyorlar, yeni arkadaşlar ediniyorlar, dünyanın farklı yerlerinden gelen korkunç çocukların yaşamları hakkında bilgi sahibi oluyorlardı.

Petunya ve Frank, Ölü Gibi Okulu'ndan gelen üç zombi kızla arkadaş olmuştu. Rachael ve Raychel, değişik okullardan gelen dört Rachel bulmuş ve onlarla arkadaşlık kurmuştu. Bu dört Rachel Çığlık Akademisi, Kurthane, Ucube Okulu ve Kanington'dan geliyordu.

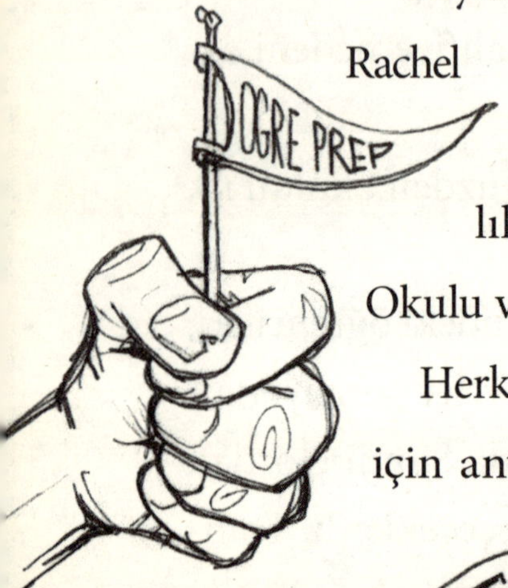

Herkesin Hortlak Oyunları etkinliği için antrenman yapması gerekiyordu.

Oysa tüm öğrenciler vakitlerini eğlenceli faaliyetlerde geçiriyorlardı.

Johnny, Ramon ve Peter basketbolda karşılaşacakları üç devle oyun oynuyordu. Lindsey, cadılara seksek oynamayı öğretiyordu. Jason ve Fred, Kurthane'den gelen kurt adam sürüsüne katılmıştı. Onlardan dolunayda ulumayı öğreniyorlardı.

Charles Yengelen ve Cindy Chan'in yanında Ateştepe'den gelen bir grup genç ejderha vardı. Cumartesi öğleden sonra Korkunç Park'ta büyük bir su balonu mücadelesi oldu ve genç ejderhalar, Cindy ile Charles'ın üzerlerine binmesine izin verdiler. Böylece havadan su balonları atabileceklerdi. Sonra, Frank N. Stein yepyeni kamyonuyla geldi. Canavarlar herkes için getirdikleri kutular dolusu taze çöreği kamyondan indirdiler.

Hortlak Oyunlarından önceki gece Dehşet Çadırı'nda büyük bir parti düzenlendi. Bütün çocuklar farklı okullardan gelen öğrencilerle dörder kişilik takımlara

ayrıldılar. Her takıma, bütün okul çapında büyük bir av sonucunda bulunacak eşyalardan oluşan bir liste verildi.

Cindy Chan, canavar Pob-Lob, Errraderha adında bir İskoç ejderha ve Güneşlik adında bir vampirden oluşan takım Dr. Ejdernefesi'nin en sevdiği şarkı olan "Üfle Sihirli Ejder"i söyleyip onun sihirli ejder gözlüklerini kaparak listedeki ilk eşyayı buldu. Dr. Ejdernefesi öyle çok ağlıyordu ki gözlükleri burnundan uçup Cindy Chan'in ellerine konmuştu. Sonra, takım üyeleri Errraderha'nın sırtına atlayıp Dr. Ejdernefesi onları yakalayamadan oradan uzaklaştı. Zaten Dr. Ejdernefesi'nin gözlükleri olmadan onları yakalayabilmesi çok zordu.

Ancak sonunda eşyaların çoğunu toplayan Wendy Crumkin, Küçük Kont Damakula, Gırk ve Lenny adındaki dev çocuktan oluşan takım oldu. Orf adındaki vahşi Venüs sinekkapanını Korkunç Bahçe'den bir tek onlar getirebildi.

Diğer bütün takımlar Venüs sinekkapanlarının dişleri arasına hapsolup kurtarılmak zorunda kaldı. Ancak Wendy, derslerin dışında okudukları sayesinde onları nasıl uysallaştıracağını biliyordu. Takım arkadaşlarına yapmaları gereken tek şeyin Venüs sinekkapanını güldürmek olduğunu söyledi. Bu, onu çaresiz bırakacaktı. Neyse ki Lenny müthiş bir komedyendi ve Venüs Sinekkapanı Orf'a harika bir espri yaptı. Ben espriyi

burada tekrarlarsam bir anlamı olmaz, o nedenle tekrarlamıyorum.

Orf gülmeye başlayınca Gırk onu yerden kopardı ve çadıra koştu. Küçük Kont Damakula da, Orf gülmeyi bırakıp onlardan birini yemesin diye sinekkapanın köklerini gıdıklayıp duruyordu.

Eşya avı sona erdiğinde bütün öğrenciler Dehşet Çadırı'nın arka tarafında toplandı. Kazanan takımın her üyesine sırtlan şeklinde, pırıl pırıl, dev birer kupa verildi. Sırtlan, hayvanlar âleminin en korkunç hayvanıydı.

Wendy, Küçük Kont Damakula, Gırk ve Lenny kupaları kaldırdılar. Salon tezahüratlarla, kükremelerle, homurtularla, çığlıklarla, ulumalarla, daha önce hiç duyulmamış tuhaf seslerle inledi.

Herkes uykuya dalmadan önce her okuldan bir öğrenci sahneye çıktı ve bildiği en korkunç hikâyeyi anlattı.

Herkesin geçirdiği en eğlenceli haftaydı bu.

O gece çocuklar huzur içinde uyurken Bay Kurtuluması, Dehşet Çadırı'nın koridorunda diğer öğretmenlerle koordinasyon halinde pusuya yattı.

Bir an avazı çıktığı kadar ulumayı ve çocukların kendilerini en güvende hissettikleri zamanda onlara müthiş bir korku yaşatmayı düşündü. Ama sonra vazgeçti.

Çocukların iyi bir son gece uykusu çekmesi daha iyiydi. Yarın hepsi ölecekti.

651. Geleneksel Hortlak Oyunları

22

Hortlak Oyunları Başlasın!

Ertesi gün Hortlak Oyunları, Tuhaflıklar Okulu Alanı ile biten sokaklarda yapılan geçit töreninin şenlendirdiği açılış seremonisiyle başladı. Yarışmacılardan her biri tanıtılırken, taraftarların oluşturduğu kalabalıktan tezahüratlar yükseliyordu.

Üç dev ejderha yukarıda uçarak gökyüzüne ateşle 651. GELENEKSEL HORTLAK OYUNLARI yazıyordu. Yüzlerce güvercin uçurulmuş ve oradaki aç ejderhalarla canavarlar tarafından yenmişti.

Müdür Kafaezen, anons edilince gururla ayağa kalktı. Bu arada Çığlık Akademisi'nden arkadaşları da eski bilek güreşi şampiyonlar ve dostları olan müdüre tezahürat yapıyorlardı. Müdür Kafaezen hem ortamın etkisiyle hem de öğrencilerinin oyunlarda kazanamamaları halinde canlı canlı yeneceklerini ve bu durumda da Tuhaflıklar Okulu'nun sonunun geleceğini bildiği için ağlamak üzereydi.

Franz Dietrich Kurtuluması oyunların başladığını duyurdu ve ilk karşılaşmalar başladı.

Herkes Tuhaflıklar Okulu'yla Çığlık Akademisi öğrencilerinin buz hokeyi maçını izlemek için donmuş göle koştu. Jason kaleciydi. Çığlık Akademisi şans eseri bir gol attı. Maçın bitmesine otuz saniye kala ise Fred skoru eşitleyen golü attı. Sonrasında eşitlik bozulmadı ve maç 1-1 berabere bitti.

Yenilen olmadığı için herkes lolipop kazandı.

Bay Kurtuluması öfkelenmişti, Müdür Kafaezen'e tısladı. "Çocuklarınız bu kez şanslıydı, ama görürsünüz siz! Oyunların sonunda hepsinin yenmiş olacağından eminim."

Sonra herkes Johnny, Ramon ve Peter 'in Çığlık Akademisi'nden üç deve karşı basketbol maçını izlemek için basketbol sahasına koştu.,

Maç başladığında herkes uzun boylu olmanın basketbolda her şey demek olmadığını anladı. Johnny, Ramon ve Peter hantal devlerden çok daha hızlıydı. Devlerin her top kapışında Tuhaflıklar Okulu'nun öğrencileri topu tekrar çalıyor ve hızlı ataklarla sayı kaydediyordu. Çok geçmeden devler onları kovalamaktan yorulmuş, hareket edemez hale gelmişti. Ramon üç sayılık atışlar yapıyor, Peter canavar gibi smaçlar vuruyor, Johnny ise harika paslar atıp asistler gerçekleştiriyordu.

Devler de sayı kazanıyordu tabii, ama sonunda Johnny, Ramon ve Peter 77-71 galip geldi. Tuhaflıklar Okulu tezahüratlardan ve alkışlardan yıkılıyordu. Bay Kurtuluması sahanın ortasına geldi.

"Tebrikler, Tuhaflıklar Okulu," dedi. "Kazananlar korkunç çocuklar olduğuna göre bu şaşırtıcı bir sonuç değil, haksız mıyım? Ödülünüzü alıp devleri yiyebilirsiniz."

Kurt Adam Olsana!
!
50
22

Johnny, Ramon ve Peter birbirlerine baktılar. "Şey... Bu bizim için fazla büyük bir yemek olur. Bunun yerine lolipop alabilir miyiz acaba?"

"Elbette," dedi Bay Kurtuluması dişlerini gıcırdatarak. "Siz bilirsiniz. Ama geriye kalanlar rakiplerinden aynı nezaketi beklemeseler iyi olur."

Johnny, Ramon ve Peter devlerin kenarda üzgün üzgün oturduklarını görünce onların yanına gittiler ve lolipoplarını ikiye bölüp onlarla paylaştılar. Johnny, Peter ve Ramon üç aydır ilk kez böcek dışında bir şey yiyordu ve lolipoplar onlara ilaç gibi gelmişti.

"O kadar böceği boşuna yediğimize inanamıyorum," dedi Ramon.

"Ben umursamadım," dedi Peter. "Keşke böcek aromalı lolipop yapsalar."

Bahçenin diğer tarafında Rachael ve Raychel, diğer korkunç okullardan gelen Rachel'ler ile zihin oyunu oynuyordu.

Cadıkent'ten gelen yeşil derili, on iki yaşında bir cadı olan Rachell oyunu şöyle bir sahneyle kazandı.

"Saçlarını yeni mi kestirdin?" diye sordu cadı Rachell.

"Evet," dedi Rachael. "Beğendin mi?"

"Tabii," dedi Rachell. "Yani sen beğendikten sonra."

"Bu ne anlama geliyor?" diye sordu Tuhaflıklar Okulu'ndan Rachael.

Tuhaflıklar Okulu'nun izleyici öğrencileri koltuklarının ucunda öne doğru eğilmiş bir vaziyette oturuyor, her sözcüğü soluk bile almadan dinliyorlardı.

"Yani ben olsam saçımı böyle kestirmezdim, ama eminim senin için iyidir."

"Yani beğenmedin, öyle mi?"

"Hayır… hayır… benim fikrimin önemi yok. Eğer sen saçını böyle kullanmaktan hoşlanıyorsan, kullanmalısın."

Rachael ağlamaya başladı ve Tuhaflıklar Okulu'nun iki Rachel'ı böylece yenilmiş oldu.

Bay Kurtuluması kocaman gülümsedi ve bağırdı. "Harika karşılaşmaydı! Ama Cadıkent kazandı. Şimdi rakiplerinizi yiyebilirsiniz."

Rachell, diğer iki Rachel'a baktı ve, "Aslında dünyada yeterince iyi Rachel yok. Ben de dünyayı bu iyi Rachel'lardan yoksun bırakmaktan nefret ediyorum. Lolilop almayı tercih ederim," dedi.

Bay Kurtuluması öfkeden köpürüyordu. "Emin misin?" diye sordu sıktığı dişlerinin arasından.

"Evet," diye karşılık verdi Rachell.

"Öyle olsun," dedi Kurtuluması ve Rachell'a dev bir lolipop uzattı.

Böylece pek çok kişinin Hortlak Oyunları Mucizesi dediği şey başlamış oldu. Her bir canavar, kazandığı zaferden sonra nefis bir insan eti ziyafeti hakkından vazgeçti. Zira canavarlar, geçen bir hafta içinde Tuhaflıklar Okulu'nun çocuklarıyla çok iyi ilişkiler kurmuştu.

Bütün okullar Charles Yengelen ile Ricky Rathbone adındaki genç vampir arasında yapılacak Gitar Efsanesi yarışması için Dehşet Çadırı'nda toplandı. Yirmi metrelik bir ekran indi ve Charles Yengelen elinde Gitar Efsanesi gitarıyla sahneye çıktı. Saçları pespembe boyanmış ve dik dik taranmıştı. Bu modeli sahne arkasındaki Penny Ceset yapmıştı.

Hatta Penny, Charles'ın gözlerinin çevresine siyah makyaj bile yapmıştı. Charles'ın üzerinde ilk gün giydiği okul üniforması yani gri şort, beyaz gömlek ve puanlı kravat vardı. Onu üniformasının içinde görünen bütün kızlat çığlık attı.

"Ne kadar da asi!" diye bağırdı Maria. "Okula üniformasız gelerek ne kadar cesur olduğunu göstermiş!"

Hatırlayacağından eminin. Okula üniformasız gelmek, okul üniformasıdır.

Charles, her bir telin yerli yerinde olduğundan emin olmak için saçlarını yokladı. Sonra da ilk şarkının başlaması için işaret verdi. Çürük Kurbağalar'ın seslendirdiği "Sinek Bağırsağı Gibi Kokuyor" adında yepyeni bir şarkıydı bu. Charles şarkıyı daha önce hiç duymamıştı, ama saatlerce çalışma yaptığı için o kadar beceri kazanmıştı ki ilk denemede kusursuza yakın bir puan aldı. Bütün çadır sallanıyor, hopluyor, zıplıyordu. Charles şarkıyı kendini sahnenin kenarına atıp dizlerinin üzerinde kayarak tamamladı. Sonra ayağa fırladı, zaferle izleyicilere döndü, kolunu havaya kaldırdı.

Gitarı enerjiyle titreşiyor, Charles'ın pespembe saçları ebedi zafer bayrağı gibi parlıyordu.

Yedi kız bayıldı.

Sonunda Charles, vampir Ricky'ye birkaç puan farkla yenildi. Ama Ricky, Charles'ın kanını emmek yerine onunla takım olmak istedi ve ikisi birlikte tüm zamanların rekorunu kırdılar. Bütün okul çıldırdı ve Charles bir kez daha okulun kahramanı oldu.

Canavarlar Pob-Lob, Dorba ve Gırk seksekte Lindsey, Stephanie ve Maria'yı üçe iki yendiler. Elbette Gırk, Lindsey'i yemezdi çünkü ikisi artık çok iyi arkadaş olmuşlardı. Pob-Lob ve Dorba, Stephanie ile Maria'yı yemek üzereydi ama Stephanie ve Maria çok hızlı düşünüp Canavar Matematiği becerilerini kullandılar. İkisi de akıllarına gelen en küçük sayıyı bağırarak söylediler.

"Eksi elli!" diye bağırdı Stephanie ve Maria. Pob-Lob ve Dorba bu kadar küçük bir sayıdan o kadar korkmuşlardı ki kuyruklarını tüylü bacaklarının arasına sıkıştırarak uzaklaştılar ve bier lolipop aldılar.

Bay Kurtuluması o kadar öfkelenmişti ki ağzından köpükler saçıyordu.

Petunya ve Frank minotor Mindy ve minotor Mandy'yi heyecan dolu bir ip atlama yarışmasında yendi. Yarışma sırasında minotorlar çok yükseğe atlıyordu, ama ip Mindy'nin boynuzlarına dolanınca bocaladılar. Mindy ipi çözdüğünde Frank (Rachel diye okunuyor), Petunya'nın dikkatli bir şekilde saymasının da yardımıyla on bin atlayışa ulaşmıştı. Minotorlar büyülenmiş gibiydi!

Sonra Cindy Chan, ejderha Marty'yi Karanlık Çağların (Marty'nin doğumundan 1500 yıl önce yaşanmış olmasına karşın) tamamen onun suçu olduğuna ikna ederek epik suç oyununu kazandı. Dr. Ejderhanefesi'nin tarih dersleri işe yaramıştı!

Penny Ceset, ölü numarası yapma yarışmasında Ölü Gibi Okulu'ndan zombi Zachary'ye yenildi. Çünkü Penny on beş dakikadan fazla bir süre yerde hareketsiz yattıktan sonra küçük bir soluk aldı. Oracıkta gerçekten ölmeyi başaran Zachary ise oyunu kazandı. Herkes çok etkilenmişti. Zachary, Penny Ceset'i yerdi. Ancak o ölünce iştahı da ölmüştü. Bu nedenle çocuğun başucuna asla tadına bakamayacağı bir lolipop bıraktılar.

Mağara Noktası'ndan gelen kötü troller, Tuhaflıklar Okulu'nun altıncı sınıf öğrencileriyle güreşirken çok korkunç bir an yaşandı. Troller kolayca kazanmıştı ve altıncı sınıfın güreş takımını mideye indirmek üzereydi. On anda birden tribünden yüksek bir "gaaaarrrrkkk" sesi geldi.

Herkes başını çevirip baktı ve Dr. Ejdernefesi'nin ayağa kalktığını, geğirdiğini ve ağzından ateşler saçtığını gördüler.

"Ah, of. Vakti geldi!" diye bağırdı Dr. Ejdernefesi yine yüksek sesle geğirerek.

Sendeleyerek yürüdü, yerde sürünmeye başladı ve birden ağzından yeşil balçık ve sıvı topları içinde yirmi sekiz ejderha çıktı. Okulun ilk günü yediği bütün çocukları oracıkta, güreş karşılaşmasının ortasında kusuyordu. Genç ejderhalar kanatlarını açıp hafifçe kükreyerek ağızlarından alev püskürttüler.

Troller leziz ödüllerinin tadına bakmak için genç ejderhaları tekmeleyerek yollarından çekmeye çalıştı, ama genç ejderhalar onları kovalayıp trol popolarına alevler püskürttüler. Çok geçmeden dev troller bebekler gibi, "Ayyyyyyyyy!" diye bağırıp ağlayarak etrafta koşuşturmaya başlamışlardı.

"Benim oğlum!" diye bağırdı Randall'ın babası tribünden.

"Hey baba!" diye kükredi Randall. "Müthiş kanatlarıma bak!"

"Gördüm! Şahane görünüyorsun!"

Troller koşarak spor salonundan çıktı ve alevleri söndürmek için ağlayarak kendilerini Korkunç Çeşme'ye attı. "Bize lolipop verin yeter! Popolarımızın yanmasından hiç hoşlanmadık!" diye bağırıyorlardı.

Nihayet Hortlak Oyunlarının son etkinliği başladı. Bayan Sivridiş'in dama kulübüyle Kanington'dan Kont Damakula'nın kulübünün karşılaşmasıydı bu. Hortlak Oyunlarındaki beraberliği bu oyun bozacaktı. Kazanan, Altın Fil ödülünü ve Canavar

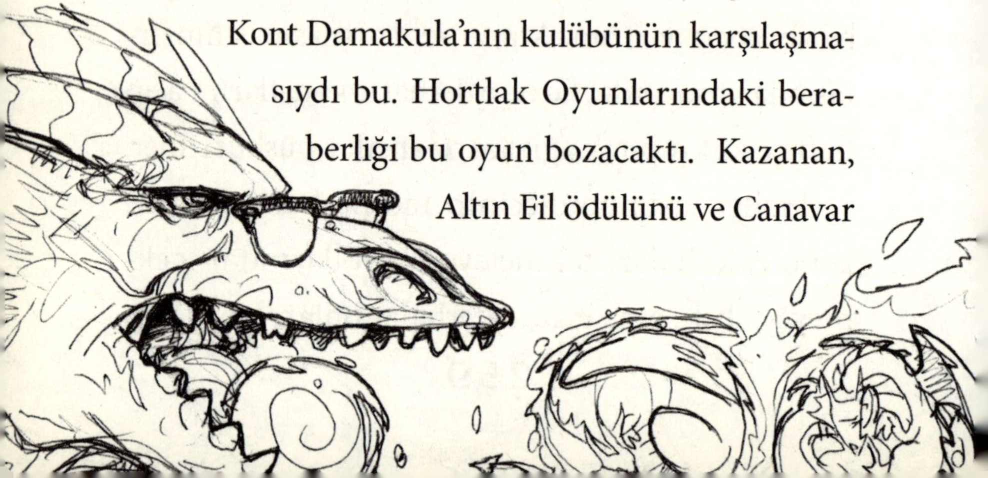

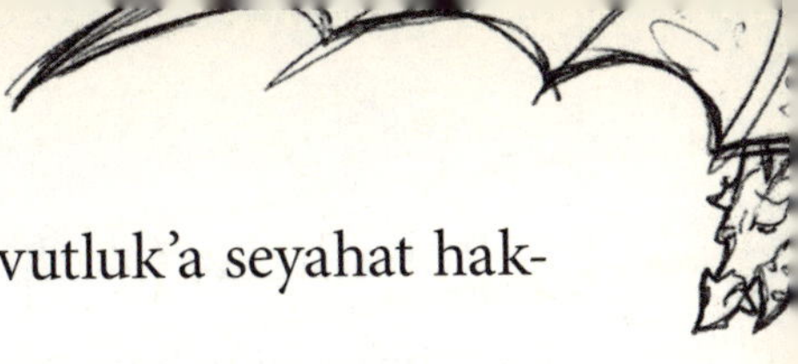

Kral ile tanışmak için Arnavutluk'a seyahat hakkını kazanacaktı.

"Şansınız burada dönecek," dedi Bay Kurtuluması, Bayan Kafaezen'e. "Hayatın boyunca şansın yardım ettiği için hayatta kaldın, ama artık insanların kendilerinden üstün bir türle aşık atmaları halinde neler olacağını göreceksin."

Oyunlar başladı ve Kanington Okulu'ndan vampir çocuklar açık ara öne geçtiler. Elleri dama tahtasının üzerinde öyle hızlı hareket ediyordu ki Bayan Sivridiş'in takımı onların hamlelerini takip edemiyordu bile.

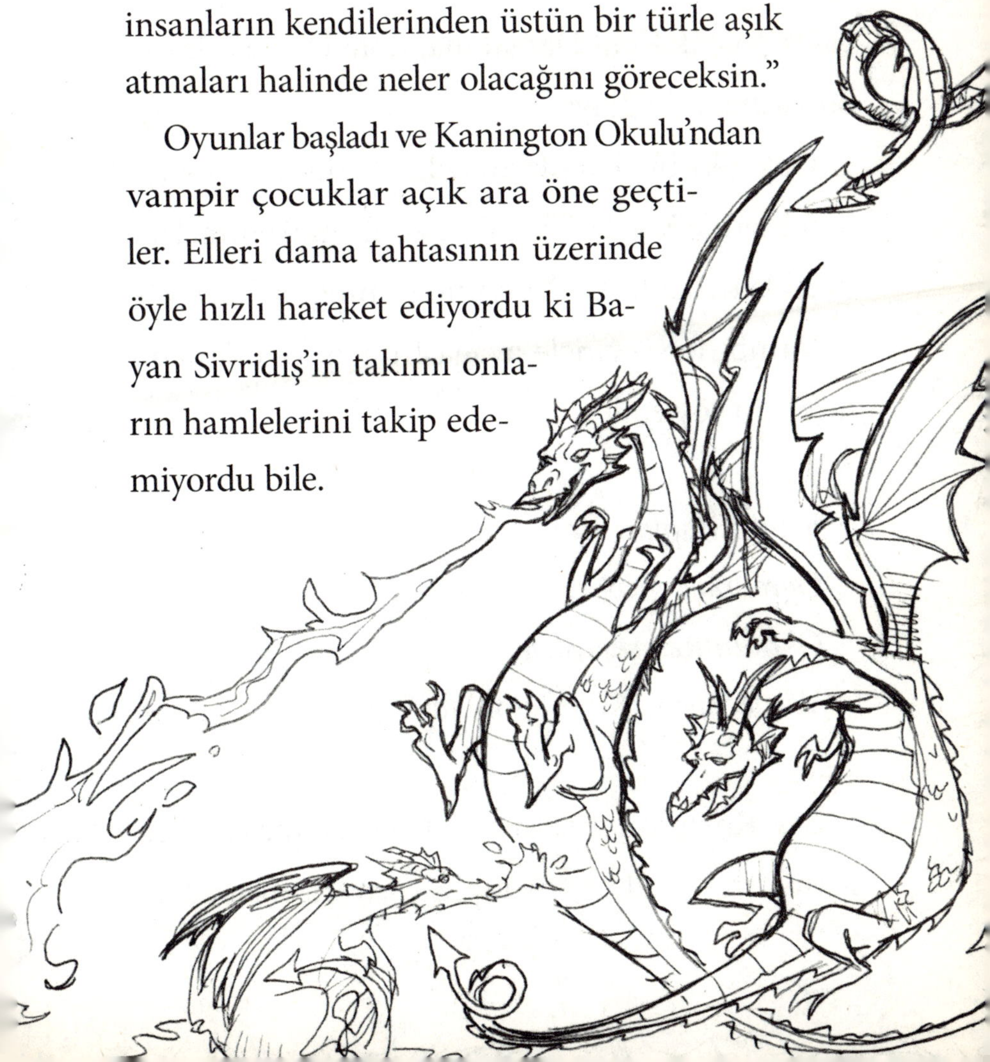

Tuhaflıklar Okulu arayı bir şekilde kapatınca kazananı belirleyecek olan final oyununa geçildi. Bu oyun Tuhaflıklar Okulu'nun en iyi oyuncusu Wendy Crumkin ile Kanington Okulu'nun en iyi oyuncusu Küçük Kont Damakula arasında oynanacaktı. Küçük Kont Damakula, Kont Damakula'nın on yaşındaki oğluydu.

Çok sıkı bir karşılaşmaydı. Wendy'nin ustaca hamlelerine Küçük Kont Damakula mükemmel bir tuzakla karşılık verdi. Oyunu Kanington kazandı.

Vampirler sevinçle ayağa fırlayıp okullarının şarkısını söylediler.

Kan! Kitaplar! Kan!
Öğrenmek güzeldir her zaman!
Okulumuzu seviyoruz,
Vazgeçmeyiz Kanington'dan!

Bay Kurtuluması, Küçük Kont Damakula'nın sırtına mutlulukla vurdu. "Şu zavallı insanların kanını son damlasına kadar içeceğinden eminim. Yoksa büyük hayal kırıklığı yaşayacağım," dedi.

"Aslında," dedi Küçük Kont Damakula, "bu hafta Wendy ile gerçekten harika vakit geçirdim. O olmasaydı av kupasını kazanamazdık. Bana satranç oynamayı öğretti. Bu arada, bence satranç damadan çok daha güzel bir oyun."

Salondaki bütün vampirler şaşırmıştı.

"Yani sanırım Tuhaflıklar Okulu'nun takımının hayatta kalmasını istiyorum, çünkü birbirimizden çok şey öğrenebiliriz. Ben lolipop tercih edeceğim. Kan aromalı olsun lütfen."

Bay Kurtuluması artık öfkeden titriyordu. "Lolipop mu? Lolipop mu?!" Kendini daha fazla tutamadı ve dev bir kurt adama dönüştü.

"Bana başka şans bırakmadınız," dedi Kurt Adam Kurtuluması. "Eğer siz ödülünüzü almazsanız, ben alırım!"

Bay Kurtuluması kocaman açtığı ağzıyla ve parlayan sivri dişleriyle zavallı Wendy Crumkin'i mideye indirmek için masanın üzerinden

uzandı. Wendy çığlık attı, ama Kurtuluması'nın onu ısırmasına fırsat kalmadan dev bir el kurt adamı yakaladı.

"Affedersiniz," dedi Müdür kafaezen. "Ama öğrencilerimi korumak zorundayım."

Kocaman elini sıkıp Kurtuluması'nın kafasını üzüm gibi ezdi.

Herkes alkışlamaya ve tezahürat yapmaya başladı.

Müdür Kafaezen elini açtı. Herkes onun elinin içindeki iğrençliği görünce öğürdü.

"Iyyy!" diye bağırıp böğürdüler.

Sonra Küçük Kont Damakula ayağa kalkıp bir duyuru yaptı.

"Beni dinleyin millet!" diye bağırdı küçük vampir. "Dev lolipopu kabul edemem. İşin gerçeği şu: Bay Örümcekgöz, Tuhaflıklar Okulu'nun dama kulübünde casusluk yapıyor ve bize onların stratejilerini söylüyordu. Bay Kurtuluması ise bizi hile yapmaya zorluyordu. Ama artık o öldüğüne göre gerçek açıklanabilir. Tuhaflıklar Okulu, Altın Fil'i ve Arnavutluk'a ziyareti hak ediyor. Çünkü bizi mutlaka yenerlerdi."

"Doğru!" diye bağırdı Penny Ceset. "Charles Yengelen ve ben, Bay Örümcekgöz'ün Bay Kurtuluması ile gizli bir toplantı yaptığını gördük."

Herkes, bir köşeye sinmiş olan Bay Örümcekgöz'e baktı.

"Kendi okulunuza ihanet etmeye nasıl cesaret edersiniz?" diye bağırdı Müdür Kafaezen.

Müdür Kafaezen, Bay Örümcekgöz'ü yakalamaya çalışınca adam kapıya doğru koştu. Kapıyı açınca da karşısında onun yolunu kesen karısı Bayan T.'yi buldu.

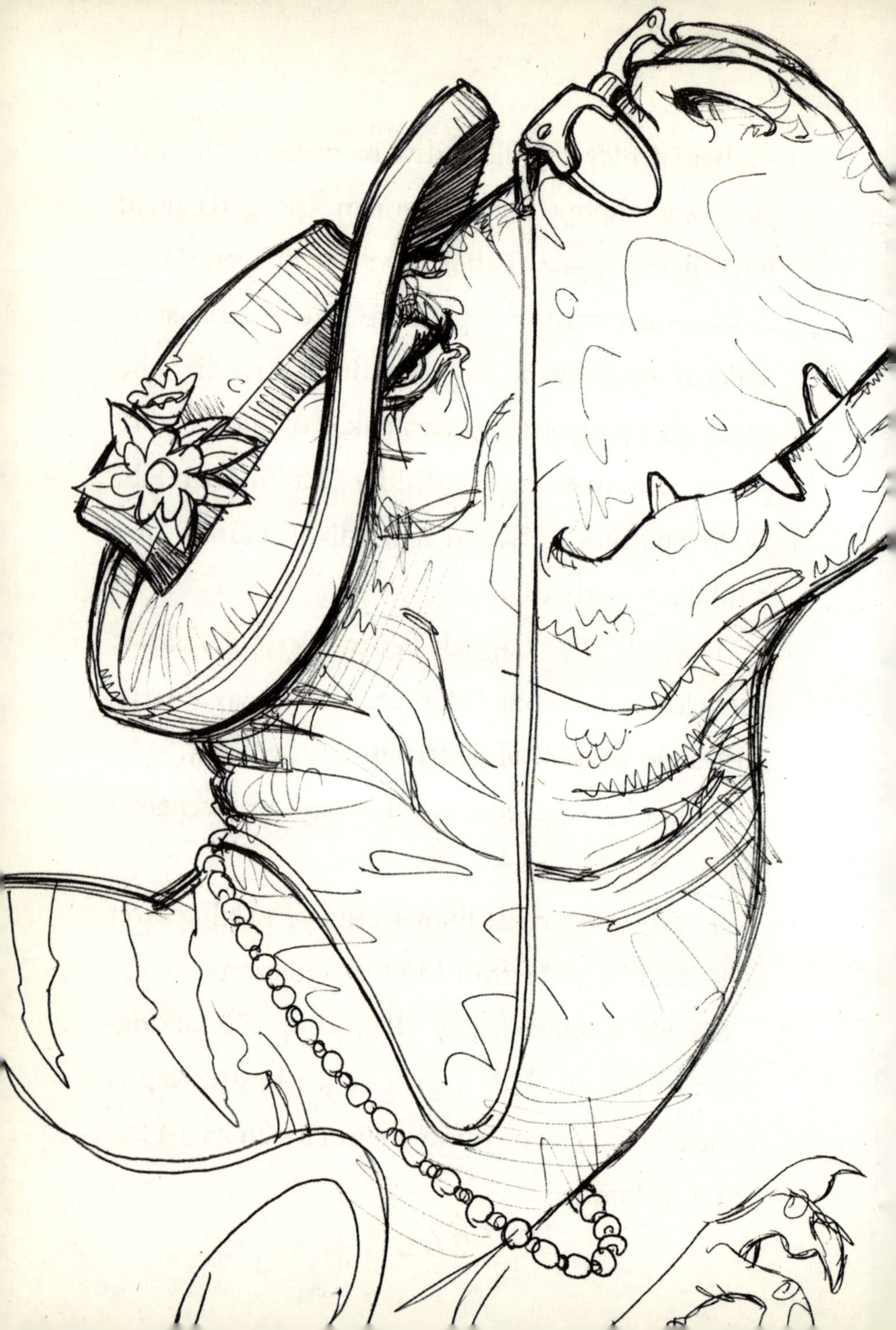

"Tatlım," dedi Bay Örümcekgöz, "iyi ki buradasın. Bizim..."

Bayan T. bahanae dinlemek istemediği için eğildi ve Bay Örümcekgöz'ü bir lokmada yuttu.

"Ah! Kendi kocanızı nasıl yediniz?" diye bağırdı kalabalıktakiler afallamış bir halde.

"Okuluna ihanet eden aptala acırım," dedi Bayan T. dudaklarını yalayarak.

Böylece Tuhaflıklar Okulu, Altın Fil ödülünü aldı. Ödül okulun son günü açıldı ve on metrelik bir kaidenin üstüne kondu.

Bayan Sivridiş ödül olarak aldığı lolipopu yalarken eksik olan sivri dişi yeniden çıktı ve o da yeniden Bayan Sivridişler oldu. Bildiğim kadarıyla, ilk kez şeker yiyen birinin dişi çıkıyordu.

O gece kapanış törenleri sırasında farklı okullardan tüm öğrenciler birbirleriyle vedalaşırken ağlıyordu. Birbirlerine iletişimi koparmayacaklarına ve olabildiğince sık e-posta yazacaklarına dair söz verdiler.

Okullar eylül ayında açıldığında öğrenciler Arnavutluk'a gidip Canavar Kral ile tanışacak. Bir sonraki kitapta bunları sana anlatmak için sabırsızlanıyorum.

Hortlak Oyunlarından sonra her şeyin değiştiğini söyleyebilirim. Tuhaflıklar Okulu artık korkunçlar toplumunda hafife alınmıyor. İnsan çocuklar dünyanın her yerindeki korkunç okullara kabul ediliyorlar. İnsanlar ve canavarlar tarihte ilk kez, nihayet dost oluyorlar.

Bu nedenle karanlıkta tek başına kaldığında, ormanda kaybolduğunda ya da gece yarısı garip sesler duyduğunda....

Eskisi gibi korkmana gerek yok artık.

HAYALET
DEREK

GİZLİ BÖLÜM

11 Haziran'dı, okulun son günüydü.

Müdür Kafaezen bir duyuru yaptı: "Okulun son gününe özel olarak Jacqueline, okulun bahçesine inşa etmeyi daha bu sabah bitirdiği perili evi bize gezdirmeye karar vermiş."

Hatırlarsın, Jacqueline benim sekiz yaşındaki kız kardeşim. Tüm okul yılını benim yaşamam için bir perili ev inşa ederek geçirdi. Kimse sekiz yaşında bir kızın inşa ettiği bir perili evin bu derece korkunç olabileceğini düşünmüyordu. Ancak hayatlarının en büyük sürprizi ile karşılaştılar.

Bu bölümün devamını okumak istiyorsan ScarySchool.com adresine gidip Bayan Sivridişler'in küçük sınavını geçmelisin!

YAZAR VE ÇİZER HAKKINDA

Hayalet Derek TUHAFLIKLAR OKULU'nun sınıflarında ve koridorlarında dolaşan on bir yaşında bir hayalet. Okulda tanık olduğu tüyler ürpertici, çoğu zaman da birbirinden komik olayları yazıyor. Bir hayalet olsa da Derek çizgi roman okumayı çok seviyor ve günün birinde usta bir ninja olmayı umuyor. Eğer bunu başaramazsa bu çok özel ve çok gizli okulda yaşananları tüm çocuklarla paylaşıp Dünya üzerindeki *en korkunç* okulu onlara tanıtmaya devam edecek. Hayalet Derek'i www.scaryschool.com adresinde ziyaret edebilirsiniz.

Scott Tom Fisher Amerika'da birçok önemli çocuk kitabına resimleriyle renk katmıştır. Savannah College of Sanat ve Tasarım bölümünden mezun olan Scott Batı Massachusetts'te eşi, kızı, köpeği, kedisi, japonbalığı ve Fred adındaki papağanıyla yaşamaktadır. www.fischart.com adresini ziyaret ederek onun hakkında daha çok şey öğrenebilirsiniz.